K.B059239

영원한
젊음

영원한 젊음
120세까지 건강한 마을, 빌카밤바에 가다

2015년 7월 17일 초판 1쇄 펴냄

펴낸곳 (주)도서출판 **삼인**

지은이 리카르도 콜레르
옮긴이 최유정
펴낸이 신길순
부사장 홍승권
편집 김종진 김하얀
미술제작 강미혜
총무 정상희

등록 1996.9.16 제10-1338호
주소 120-828 서울시 서대문구 성산로 312 북산빌딩 1층
전화 (02) 322-1845
팩스 (02) 322-1846
전자우편 saminbooks@naver.com

제판 문형사
인쇄 수이북스
제책 은정제책

ISBN 978-89-6436-098-9 03810

값 12,000원

120세까지 건강한 마을, 빌카밤바에 가다

영원한 젊음

리카르도 콜레르 지음 | 최유정 옮김

삼인

세사르와 에스테르를 위해

차례

베네수엘라

가이아나

콜롬비아

수리남

프랑스령 기아나

키토
에콰도르

★빌카밤바

페루

브라질

볼리비아

파라과이

우루과이

칠레

아르헨티나

남아메리카 지도

빌카밤바에서 무슨 일인가 일어나고 있다. 무언가가, 그곳 사람들을 백열 살, 백스무 살, 아니 백마흔 살까지 살게 한 것이다. 그들은 단지 오래 살 뿐만 아니라, 남들이 부러워할 만한 건강을 유지하면서 의사들의 조언에 별다른 신경을 쓰지 않고서도 장수하고 있다. 빌카밤바 주민들은 대체로 골초에 술고래들로, 건강에 아주 해로운 생활 습관을 가진 편이다. 그런데 그들은 누구라도 노쇠의 징후를 보이게 마련인 나이에 이르러서도 앞으로 40년을 더 살아갈 태세를 갖추고 있다. 남에게 기대지도 않고 스스로를 돌보고 일하면서 백스무 살까지 끄떡없이 산다. 어떻게 된 걸까? 이것이 빌카밤바 골짜기가 품은 수수께끼다.

누구는 공기 때문이라고 하고, 또 누구는 물 때문이라고 하는데, 대다수는 식습관 때문일 수 있다고 입을 모은다. 사실 빌카밤바 주민들은 건강을 지키려고 스스로를 괴롭힌다거나 하고 싶은 걸 그만두는 법이 없다. 이 마을에서는 어느 누구도 연명하려고 아등바등하지 않는다.

내 손에는 에콰도르행 티켓이 있다. 로하로 가는 연결 티켓도 끊어놓았고, 성스러운 골짜기 빌카밤바까지 가는 교통편도 마련해놓았다. 이 산골 마을의 심장부에 자리 잡은 '뉴에이지 new age' 신전도 예약해두었다. 나는 그곳에서 지내며, 과학이 진보하여 우리가 빌카밤바의 주민들만큼 오래 살 수 있게 될 가까운 미래에는 과연 무슨 일이 벌어질지 가늠하기 위해 생각의 기초를 세워볼 참이다.

국제 인구 통계에 따르면 안도라공국이나 일본 오키나와 섬과 같이 경제 수준이 높고 평온한 생활 양식을 영위하는 지역에서 인간의 기대수명이 최고조에 이른다지만, 에콰도르의 빌카밤바 사람들은 타 지역에서와 달리 큰 노력 없이도 그런 장점을 수십 년 넘게 누려오고 있다는 사실에 주목할 필요가 있다. 빌카밤바 사람들은 수입도 거의 없이, 위생적으로도 취약해 보이는 조건에서, 살아가려면 반드시 해야 하는 고된 일들도 마다하지 않고 일상의 삶을 살아간다. 그런데도 수많은 사람이 별 탈 없이 백 살이 넘도록 산다. 빌카밤바에서 마주칠 수 있는 백 살 노인의 수는 여타 지역의 열 배를 너끈히 넘는다.

나는 빌카밤바에서 도대체 무슨 일이 일어나고 있는지 살펴볼 것인데, 그러려면 우리 아버지의 건강 상태가 양호해야 한다. 부디 내가 출발 직전에 이 여행을 보류하게 되는 불상사가 일어나지 않기를 소망한다. 아버지의 병세가 악화되어 이제 그만 저세상으로 보내드려야 할 임종의 순간이 되었으니 그 곁을 떠나지 말라는 전언을 오늘이라도, 아니면 내일, 아니면 모레 당장 듣게 될지도 모른다. 보통 의사란 자들은 이런 말을 전하고는 꿀 먹은 벙어리처럼 입을 꾹 다물고 있다. 무언가를 말하거나 적어도 묻기라도 해야 할 사람은 바로 내 쪽이라고 여긴다. 세월이 흐르며 나 역시 의사들이 취하는 행동거지를 그대로 따라하게 되었고, 아무 말 하지 않는 수법도 터득하게 되었다. 나는 입 한 번 벙긋하지 않고 의사들을 물끄러미 쳐다만 본다. 나는 그들이 헛기침하기를, 손으로는 무얼 해야 할지 모르기를, 다시 진료 차트나 대중없이 넘겨보기를 기다리는데, 이런 일은 병원에서 수백 번도 넘게 일어났던 일이다. 내가 잠자코 있으면 의사들은 깊은 숨을 내쉬고는 나한테 어떻게 인사를 건네야 하나 우물거리다가 병실을 빠져나간다.

나는 지난 10년 동안 줄곧 해온 똑같은 일을 다시 또 반복하게 될 것이다. 항공사의 사정으로 운항이 취소되지 않는 한 비행기 예약을 유지하고 있을 것이라는 말이다. 내가 과연 이 여행을 떠날 수 있을지, 아니면 아버지 곁을 지켜야 하니 여행을 보류해야만 할지, 어쨌든 마지막 순간까지 일단은 기다릴 것이다. 이런 일은 처음이 아니다. 이것은 내 인생에 이미 고전적인 패턴으로 자리 잡은 일이다. 어느 토요일 밤에 출발해야겠다고 마음먹더라도 나는 아버지의 건강 상태를 고려해야 한다. 지인들은 내가 그렇게 처신하는 것이 별 의미가 없다고들 한다. 맞는 말이다. 아버지의 병세가 깊어진 것은 어제오늘의 일이 아니다. 아주 오래전부터 아버지는 수시로 병원에 입원했고, 수없이 중환자실에서 집중 치료를 받았으며, 심장이며 뇌며 신장이며 할 것 없이 경색증이 발병하기 일쑤였다. 한눈에 확연히 드러나는 증세가 있더라도, 여전히 나는 우리 아버지가 돌아가시지 않을 거라고, 불멸할 거라고 생각하는 중이다.

인간이 주어진 수명의 3분의 1 이상 더 오래 살게 된다면 어떻게 될까? 불과 얼마 전까지만 해도 일흔 살이면 노인이었다. 오늘날에는 그 나이에 있는 누군가를 노인이라 칭하면, 그 말을 들은 당사자는 못마땅하다. 과학은 점점 더 인간의 수명을 연장한다. 여든 살 나이에도 일하러 밖으로 나가고, 밤 외출을 할 수 있으며, 다들 부러워할 만한 몸 상태를 유지하고, 다른 직업을 새롭게 시작할 수 있으며, 확실한 결실을 맺지 못하더라도 한 번쯤 이성을 유혹해볼 수 있을뿐더러, 특히, 잘못을 저지르더라도 바로잡을 수 있는 시간이 아직 남아 있다는 의미다.

중세에는 평균 마흔 살 정도까지 살았으니 서른다섯 살만 되어도 늙은이였다. 그 옛날 유럽 정복의 길을 나섰던 자들이 군사를 일으켜 역사의 한 획을 그었을 당시 그들의 나이는, 오늘날 우리 젊은이들이 부모와 함께 살지 아니면 독립할지를 놓고 고민하는 나이와 같았다.

콜럼버스와 나폴레옹은 쉰 살 정도에 유명을 달리했다. 셰익스피어도 비슷한 나이에 생을 마감했다. 보통 그들 나이 정도,

혹은 그들보다 적게 살다 갔다. 로미오가 열여섯, 줄리엣이 열넷이 채 안 된 나이였음에도 서로 그토록 깊은 사랑을 나누었다는 이야기는 아마 이와 같은 맥락에서 설명될 수 있을 것이다.

알렉산드로스 대왕은 스무 살에 왕좌에 올랐고, 호세 데 산 마르틴*은 서른다섯 살 나이에 산로렌소 전투를 승리로 이끌었다. 슈베르트는 서른한 살까지, 모차르트는 서른네 살까지 살면서** 작곡을 했다. 그들이 살던 시대의 평균수명이 오늘날만큼만 되었더라면, 젊어서 죽을 수밖에 없었던 수많은 과학자·예술가·정치가·사상가 들이 별다른 조치 없이도 일흔 살까지 너끈히 살다 갈 수 있었을 것이다. 의학이 그들의 생명을 지탱시켜주었을 것이고, 인류는 지난 세월 동안 쌓아온 업적의 두 배는 더 이룩할 수 있었을 것이다.

역사를 거시적으로 조망하며 일반화해보니, 보건 의료 자원이 부족했을 때 사상가나 과학자보다는 예술가나 군인, 정치가가 훨씬 더 일찍 죽음을 맞이했다는 사실을 알게 되었다. 소크라테스는 일흔 살 무렵 스스로 목숨 끊기를 강요받았고, 플라톤은 여든 살까지 살았으며, 아리스토텔레스와 공자는 예순두 살까지 살다 생을 마감했다. 피타고라스는 일흔다섯에,*** 파르메니데스는 일흔 살에 유명을 달리했다. 이성을 사용하는 것이 생

★ 생몰 연도 1778~1850. 아르헨티나 출신으로 라틴아메리카 독립운동을 이끌었다.
★★ 모차르트는 1756년 1월 27일 태어나 1791년 12월 5일 사망했으므로 거의 만 서른여섯 살까지 살았다. 지은이의 착각인 듯하다.
★★★ 피타고라스는 서기전 582~580년 무렵에 태어나고, 서기전 500~497년 무렵에 사망한 것으로 추정된다. 이 추정 연도에 따르면 피타고라스는 80~85세에 사망했다.

명을 연장해주는 수단이 되는지는 잘 모르겠지만, 생각을 성숙하게 하고, 그 생각을 지탱하고자 40년을 더 사는 것은 분명 전혀 나쁜 일이 아닌 것 같다. 하지만 40년을 더 살면서 육체는 건강한 상태를 유지하나 뇌가 그만 기능하지 않게 되는 상황 역시 고려해야 한다. 혹은 최악의 상황으로, 앞으로 더 오래 살 수는 있는데 정작 어떻게 살아가야 할지 모르는 경우도 생각해봐야 할 일이다.

그런 40년은 인간이 저 스스로를 제대로 건사하지 못한 채 그저 육체만 살아 있는 시간이 될 수 있다. 건강을 염려하고 시대의 도덕률을 지켜내면서, 육체는 자신이 숙명적으로 속해 있는 사회가 생각하는 방식까지 감내해야 한다. 죽는다는 두려움, 오직 그 걱정만으로 살아가야 할 노인들.

오늘날에는 대체로 더 많이 가진 자가 더 오래 산다. 하지만 재력이 존엄한 노화를 담보하지는 않는다. 의학이 선사한 추가 시간 동안 우리는 사람이기를 포기하고, 오로지 우리 육체가 그 시간을 잘 보내는지 그렇지 못한지에만 전념한다. 고통스럽게 보내거나, 아니면 즐기며 보내거나. 솔직히 우리끼리 하는 얘기인데, 기본적으로 노년이란 시간은 편치 않고 고통스럽게 보내게 마련이다. 그 고통을 모면하기 위해 주변에 일하는 사람을 많이 두면 그런 상황은 가까스로 억제된다. 부디 미래에는 노화라는 것이 더 이상 품위 없는 고통이 아니기를 소망한다.

3

나는 문을 두드리지 않고 병실로 들어선다. 이불에 덮여 있는 아버지의 두 발, 그리고 의자에 앉아서 아버지를 돌보고 있는 여자가 보인다. 여자가 자리에서 일어나 내게 인사한다. 아버지는 그렇게 하고 싶어도 할 수가 없다. 여자는 밖에서 입고 다니는 옷은 한쪽에 벗어두고, 간호사들이 입는 것과 똑같은 흰색 간호복을 입고 있다. 병원 안에서는 반드시 그렇게 입어야 하기 때문이다. 그녀는 여느 사람보다 살짝 높은 음조로 말하는 사람이다. 그녀가 아버지 쪽으로 몸을 숙이며 입을 떼는 순간, 그것을 알게 되었다.

"보셨어요? 병문안 오셨어요."

아버지는 일주일 전쯤 병원에 입원했다. 그 뒤로 나는 날마다 두 번씩 병원에 들른다. 그런데 간병인과 마주친 건 오늘이 처음이다. 그녀는 (아버지의 몸을 돌려 자세를 바꿔 누이고, 음식을 먹이고, 의사를 호출하면서) 아버지와 밤을 함께 보낸 사이라 그런지, 아들인 나보다 백배 천배 더 아버지와 친밀해진 것 같았다.

"아버님이 아드님을 찾으시더라고요. 그래서 언제든 곧 오실 거라고 말씀드렸어요."

"입원하면 늘 저만 찾으시긴 하죠."

나는 인사하려고 아버지 곁으로 바싹 다가간다. 아버지의 이마에 입을 맞추어 인사를 건네는 일은 그리 쉬운 일이 아니다. 아버지가 누워 있는 침대의 철제 난간 너머로 몸을 쑥 디밀어야 하기 때문이다. 까치발로 서서 침대 난간에 몸을 딱 붙여 기대며 상체를 앞으로 쑥 내밀었는데, 아버지의 몸 위를 가로지르는 순간, 이불 속 아버지의 몸이 묶여 있다는 사실을 알게 되었다.

"코에 끼워놓은 산소관을 자꾸 빼려고 하셔서 이렇게 할 수밖에 없었네요."

그녀는 마치 인터뷰하는 기자에게 범죄 사건에 대해 진술하듯 말한다.

나는 일단 그녀가 하고 싶은 말을 다 하도록 묵묵히 듣기만 한다. 그녀가 할 말을 끝내고 잠잠해지자, 나는 가만히 1분이 지나기를 기다렸다가, 이렇게 말한다. 어제 아버지를 보러 왔을 때만 해도 아버지의 손이 묶여 있지 않았어요. 나는 잘못을 그녀에게 떠넘기려고 이렇게 말하는 것이다. 사실, 아버지는 나를 찾았지만 나는 늦게야 얼굴을 디밀었다. 그렇지만 아버지를 침대에 묶은 사람은 내가 아니었다. 내가 없는 사이에 나한테 물어보지도 않고서 그녀가 그렇게 해놓은 것이다. 그러니 지금 우리는 일대일이다.

나는 아버지에게 기분이 어떤지 묻는다. 아버지는 괜찮다고 말없이 고개만 끄덕인다.

"아버지, 정말 괜찮으세요?"

아버지는 큰 소리로 말하고 싶은 듯 숨을 들이쉬더니 온 힘을 다해 그렇다고, 괜찮다고 대답한다.

"다행이에요."

나는 시계를 본다. 병실에 들어온 지 고작 4분이 지났다. 고개를 들고 아차 싶었다. 시계를 쳐다본 것이 잘못된 행동이었다는 걸 단박에 깨달았기 때문이다. 간병인 여자가 나를 관찰하고 있었기에, 내가 방금 취한 행동은 나를 다시 불리하게 만들었다. 그녀는 팔짱을 낀 채, 아버지가 굴러떨어지지 않도록 막아주는 철제로 된 침대 난간에 몸을 기대고 서 있다.

그녀의 나이는 어림잡아 쉰 살 정도, 그렇게 서 있는 자세 탓인지 가슴골이 드러나 보인다. 새하얀 피부에 잔주름이 살짝 나 있다. 나이에 딱 적당한 몸무게를 유지하는 덕분인지 오히려 한결 젊어 보인다. 나는 아버지가 그녀를 쳐다보는지 살펴보지만, 너무 노곤해서인지 오늘은 여자에게 영 관심을 두지 않는다.

나는 아버지가 침대에 묶여서 잠을 더 푹 잤을지도 모른다고 생각한다. 적어도 간병인 여자에게서는 뜬눈으로 밤을 지새운 기색이 전혀 보이지 않는다. 한 시간 안에 다른 사람이 교대하러 올 것이고, 여자는 집으로 돌아갈 것이다. 보호자가 앉는 팔걸이의자 한쪽 끄트머리에는 옷이 담긴 비닐 쇼핑백이 있다. 간병인의 옷이다. 그녀는 의자 위에 놔두었던 검은색 가죽 손가방과 함께 그 쇼핑백을 한쪽 손목에 걸고 병원 밖으로 나갈 것이다. 버스에 올라타려면 한 손은 비워두어야 한다. 그녀는 한 시간 안에 손가방과 쇼핑백을 챙겨 들 것이고, 아버지에게 인사를 할 것이며, 나한테도 인사한 다음, 병실 문을 나설 것이다.

그녀가 하는 일은 나로선 하기 불가능한 일이다. 아버지를 돌봐줄 사람이 없다면, 그리고 이유 여하를 막론하고 반드시 내가 그 자리를 지키고 있으라고 강요받는다면, 내 삶은 견딜 수 없이 절망적인 것이 되어버릴 것이다. 또 하나 내가 알게 된 것은, 그녀와 같은 사람들이 간병 일을 하게 된 가장 큰 이유는 먹고살기 위해서라 하더라도, 그들은 어떤 자부심 같은 걸 가지고 일한다는 사실이었다. 이들 간병인만큼 그 일을 잘해나갈 사람은 세상 어디에도 없다. 그래서 지금 그녀가 여기 있는 것이며, 그녀는 내가 몇 시에 도착했는지, 언제부터 여기에 있는 건지 잘 알고 있다. 여자가 싱긋이 미소 짓는다. 만일 내가 곧바로 가버린다면 그녀는 아버지에게 아무도 문병 오지 않았고, 아들이란 사람 곧 내가 그저 얼굴만 삐쭉 내밀고 갔다고 말할 것이다. 생각건대 내가 그녀보다 먼저 병실 문을 나선다면, 그녀는 분명 간호사와 청소부와 의사와 그리고 같은 층의 입원 환자들에게 내가 오로지 의무감 때문에 다녀간 거라고 떠벌릴 것이다. 기껏해야 몇 분 머무는 둥 마는 둥 하다가 전화 통화를 하고는, 내뺄 만한 적당한 때에 가버렸다고 말할 것이다. 하기야 그녀가 아니라면 어느 누구도 아버지가 받아 마땅할 관심과 애정을 쏟아주지 않을 것이다. 그녀가 그곳에 있는 당신들 하나하나를 붙잡고 눈을 마주쳐가며 나에 대해 이러쿵저러쿵 떠들어댈 터이니 당신들은 나라는 사람에 대해 익히 알고 있을 것이므로 나는 매사에 조신하게 굴겠지만, 나도 감정이라는 게 있는 사람이다.

이 간병인은 감정이 풍부하되 상상력은 거의 없는 것 같다. 아버지는 최근 여섯 달 사이에 벌써 다섯 번째 입원한 것이고,

아버지를 입원시키는 일은 10년도 훨씬 전부터 내가 도맡아온 일이다. 나는 아버지를 돌봐주는 간병인의 도덕적 경지에 이르지는 못했어도 경험만은 차고 넘친다. 능히 간병인에게 응대할 수 있음은 물론, 내가 취하는 동작 하나하나를 살피는 그녀의 눈동자로부터, 거들먹거리는 그녀의 미소로부터, 의료용 침대에 기대고 서 있을 때 보이는 그녀의 젖가슴으로부터 의기양양하게 빠져나오고도 남을 만큼 충분한 경험이 있다.

　나는 화장실로 간다. 화장실에서 머무는 시간을 다 합쳐봤자 고작 몇 분 정도밖에 안 된다. 벽에는 지지대가 부착되어 있고 바닥에는 유리 플라스크가 즐비한 환자들의 화장실이다. 머물 만한 장소는 아니다. 적어도 나한테 기분 좋은 장소는 아니다. 나는 거울 속의 나를 쳐다보고, 손을 씻고 나온다. 나는 되도록이면 병증에 관한 대화를 피하고자 지금 보는 게 무슨 프로그램이냐고 묻는다. 아버지는 입원할 때마다 으레 병실의 텔레비전을 켠다. 그리고 퇴원할 때까지 끄지 않는다. 디스커버리 채널을 틀어놓고 혈압을 재고, 스포츠 뉴스를 틀어놓고 항생제 주사를 맞으며, 코로 연결된 산소관을 교체하는 동안 살인 사건을 추적하는 미국 탐정물을 틀어놓는다. 텔레비전은 육체가 아버지에게 요구하는 관심의 상당 부분을 빼앗는다. 팔이 아파도 그 고통에 아버지의 모든 관심이 쏠리지 않고, 도리스 데이Doris Day*를 볼 만큼의 관심은 남아 있다. 아버지는 채혈을 하더라도, 백상어가 남아프리카 해적을 한입에 삼키고 있으므로 아픔을 덜 느낀

★　　1924~, 미국의 유명한 가수이자 배우. 〈도리스 데이 쇼〉라는 TV 프로그램을 진행했다.

다. 아버지는 숨쉬기가 힘들어도, 어느 군인이 제 여자가 죽자 자기 목숨쯤은 아무것도 아니라며 자살할 방법을 찾는 탓에, 세탁하라며 자발적으로 환자복을 벗어주려 하기까지 한다.

"보고 계신 게 뭐죠?"

"아버님이 보고 싶어 하시는 프로그램이죠."

나는 아버지에게 무슨 프로그램이 보고 싶은지 여쭤보려고 다가갔는데, 아버지는 두 눈을 감고 있다.

"잠드셨네."

내가 말한다. 잠드신 거라면 나는 가겠다고, 내가 곁에 있는 걸 모르시는데 더 있어서 뭐하냐고 말할 수 있는 절호의 기회다. 하지만 나는 그렇게 하지 않을 것이다. 내가 할 일은 간병인에게 바짝 다가가서 그녀를 숨이 턱 막힐 정도로 꽉 끌어안은 다음, 그녀의 입술에 덥석 키스를 하는 일이다. 그길로 나는 나가버릴 것이다. 키스를 하기 전이 아니라 한 후에. 나는 여자가 자신에게 무슨 일이 일어났는지 알아챌 시간을 주지 않을 것이다. 무슨 일이 생기든 나한테 연락해달라고 말하면서 병실을 빠져나갈 것이다. 그러면 그녀는 완전히 혼란에 빠져서, 두 번 다시 내 앞에서 자신의 말과 행동에 확신을 갖지 못하게 될 것이다. 그녀는 어느 장단에 맞춰야 할지 난감할 것이며, 다행스럽게도, 나와 우리 아버지의 관계를 장악하려 들기보다는 자신과 나 사이에 일어난 사건에 훨씬 더 마음을 쓰게 될 것이다.

"의사와 얘기 좀 해봐야겠어요. 곧 돌아올게요."

병원 복도로 나가서 시계를 보니 15분이 흘러 있었다.

의사는 다른 병실에서 우리 아버지가 아닌 다른 환자를 살펴보고 있다. 나는 기다려야 한다. 앉아서 기다리고 싶으면 대기실까지 가야 한다. 나는 그렇게 하지 않을 것이다. 의사가 저 병실에서 나와서 다른 병실로 자취를 감추기 전에 잠시 면담을 하고 싶어서다. 그래서 나는 벽에 몸을 기댄 채 기다린다.

사실 나는 우리 부모님의 노화와 관련해서는 운이 별로 없었다. 부모님 운이 없었다는 말이 아니라, 부모님의 노화에 따른 운이 없었다고 말하는 것이다. 적어도 두 분 중에 한 분은 잘 늙어서 스스로의 삶을 돌보는 것은 물론이요, 내 아이들 곧 당신의 손자들도 좀 돌봐줄 수 있어야 하지 않는가. 우리 부모님의 경우는 그렇지가 않다. 두 분 모두 벌써 오래전부터 심각한 병증을 보이며 노쇠해졌다. 아버지는 혼자 힘으로 앉은 자리에서 일어서지도 못할뿐더러, 품위를 지키기도 어려울 만큼 병마에 시달려 지칠 대로 지쳐 있다. 그나마 어머니는 아버지보다는 상태가 나은데, 침대 옆에 놓인 팔걸이의자까지는 걸을 수 있기 때문이다. 그야 물론 부축을 받으면서 말이다. 더구나 우리는 식구 수가 적은 탓에 나는 내가 할 수 있는 최선을 다해 가족을 건사해야만 한다.

차라리 부모님 중 어느 한 분이 정신 줄을 놓았다거나, 나를 알아보지도 못하고 자신이 아직 젊으며 파리에서 살고 있다고 생각한다면, 그분을 노인병 전문병원으로 보내서 남이 돌보도록 하고 나는 일요일마다 가족 방문만 하면 되니 모든 것이 훨씬 더 수월할지도 모른다. 하지만 우리집의 경우는 그렇지가 않다. 두 분 모두 말 그대로 정신이 또렷할뿐더러 두 번 다시 프랑스 땅을 밟을 기회가 없으리라는 것도 잘 안다. 그런데 부모님은 가난하다. 딱 봐서 눈에 띄게 표시 나지는 않지만, 지금 살고 있는 —도움이 없었다면, 벌써 한참 전에 잃고도 남았을— 이 집 말고는 별다른 자산 없이 근근이 살아가는 가여운 은퇴 생활자다. 그래 좋다, 그들에게는 내가 있다. 혹시나 지금보다 더 나쁜 상황이 되었을 수도 있으려나? 다른 경우의 수가 머릿속에 떠오른다. 만약 두 분이 화해도 할 수 없게 싸우고 갈라섰다면 어땠을까. 그야말로 더 나쁜 상황이다. 집이 두 군데, 간병인 두 명, 요양병원 두 곳. 이혼율이 해마다 증가하는 추세이니 인류의 가까운 미래에는 그런 상황이 분명히 도래할 것으로 보인다. 언제라도 제 과업을 완수하기 위해 만반의 준비를 갖추고서 깊은 밤 어둠 속에 도사리고 있는 위협이다.

맨 먼저 부모님이 우리를 불러 앉힌다. 아빠와 엄마는 이혼을 선택했지만, 이 결정은 너와는 아무 상관 없으며, 우리 둘 다 너를 무척 사랑한다고 얘기하려는 거다. 그 말을 들은 자식은 풀이 죽고, 그다음엔 역시나 이혼한 부모를 둔 다른 아이들과 가까

워지며, 세월과 함께 온갖 역경과 어려움을 나름대로 잘 헤쳐나
간다. 그 시기가 일단락되면, 우리는 휴우 하고 한결 가벼워진
숨을 내쉰다. 최악이라고 판단했던 상황은 이제 지나버렸다. 하
지만 그로부터 다시 꽤 오랜 세월이 지난 후, 부모님의 말벗이
되고 상담도 해주는 일종의 심리학자가 더는 존재하지 않게 될
때 진정 두렵고 무서운 단계가 도래한다. 부모가 노인이 되고 나
면, 자식은 한 집이 아닌 두 집을 책임져야 한다. 헤어진 부모님
은 각자 다른 동네에서 서로에게 별 상관없는 각기 다른 문제들
을 떠안고 산다. 나는 자식들이 자기 부모의 새 배우자를 받아들
이지 않는다면 그건 순전히 예지력이 있고 현명하기 때문이라고
생각한다. 만약 부모의 새 배우자들을 받아들이고 그들과 정을
쌓으며 돈독한 애정 관계를 형성한다면, 아마 세월이 흐르면서
혼자서 제 몸 하나 건사하지 못하는 노인을 두 명 아닌 네 명 돌
봐야 할 가능성이 높을 것이다. 게다가 그분들이 또다시 헤어지
게 된다면, 이혼한 부모의 가여운 자식은 날마다 첫 번째 부모의
집을 들여다보고 나서, 두 번째 부모가 지내는 노인 전문병원에
병문안을 갔다가, 세 번째 부모가 입원해 있는 집중치료실에 들
르고 나면, 네 번째 부모에게는 전화로 안부를 물을 시간밖에 남
지 않을 가능성이 매우 높다. 탈근대의 인생에서는 부모님은 물
론이요 부모님을 책임지거나 보호하는 사람도 기하급수적으로
증식하니 늘 주의해야 한다. 이 모든 것은 건강의 왕국에서 과학
의 진보와 그 진보가 이뤄낸 경이 덕분이다.

다행히 의사가 왔다. 나는 의사와 이야기를 나누어야 한다.
아버지의 상태가 어떤지 물어봐야 하고, 내가 과연 여행을 떠날

수 있을지, 아니면 그냥 자리를 지키고 있어야 할지, 의사의 소견을 알아봐야 한다. 나 스스로도 믿기지 않을 만큼 놀라운 건, 내가 어느새 장성하여 이미 오래전부터 우리 아버지의 아버지 노릇을 하고 있다는 점이다. 그렇지만 나는 계속해서 의사의 허락을 구하기 위해 온갖 궁리를 다한다. 마치 의사가 나한테 무슨 보증이라도 해줄 수 있는 양 말이다. 마치 어느 교과서에 부모와 자식 간의 관계가 어떻게 설정되어야 하는지 설명한 부분이 한 장이라도 존재하는 듯이 말이다.

이번에 아버지에게 새로운 병증이 발생해 입원한 것은 아니다. 지금껏 스무 번, 아니 서른 번 정도 입원했을 때와 동일한 병세로 입원한 것이다. 그런데도 나는 타인에게 내 문제를 결정해달라고 조르고 있다. 의과대학에서는 무엇이 병증이고 그 병증을 어떻게 치료해야 하는지 가르친다. 딱 그것만 가르친다. 내가 아버지 곁에 남아 보살펴드려야만 하는지, 아니면 이미 내 할 도리를 할 만큼 다 했고 치를 만큼 다 치렀으니 이제 내가 더 나은 삶을 자유롭게 살아가도 되는 건지, 이런 문제에 화학이나 생물학은 해답을 줄 수가 없다. 이런 종류의 질문에 대답할 것이 강요될 때, 의사들은 자신들이 할 수 있는 만큼만 대답한다. 의사 입장에서 가장 좋은 방식으로 말이다. 상황은 제각각 너무나 특수하므로 도움이 될 만한 통념도 삶의 경험도 존재하지 않는다. 과학은 그런 질문에 결코 답을 주지 않는다. 그것은 과학의 영역이 아니다. 그래서 나는 하고 싶은 걸 하기로 마음먹는다. 어디에도 얽매이지 않고, 후회 없이. 이것이 내가 직면한 유일한 문제다. 이 안에 아버지를 돌봐야 한다는 것도 포함되어 있다.

빌카밤바 노인들의 자녀는 어떻게 할까? 만약 백스무 살 이상을 살 수 있다면, 아흔 살에도 자식을 낳을 수 있다는 말이 된다. 우리 아버지가 그런 상황에 처해 있다면 현재의 건강 상태에서 우리 할아버지를 돌봐드려야 할 것이다. 그야 물론 우리 할아버지가 살아 계신다는 전제 조건하에서 그렇다. 그렇게 된다면 그것은 재앙 그 자체다. 아흔 살이 넘었는데도 부모가 생존해서 고아가 아니라는 것은 그다지 볼품이 없는 일이다.

우리가 백스무 살이나 백서른 살까지 살게 되었을 때, 그런 우리를 보호해줄 의료보험은 아예 존재하지도 않을 것이다. 저축해놓은 돈은 바닥날 것이고, 우리 연령대의 사람들을 위한 영화나 책도 구할 수가 없을 것이다. 우리의 자식들도 노인이 되어 있을 것이다. 그런데도 우리는 자식들이 열심히 일하고 미래를 구상할 수 있도록 보살펴줘야만 할지도 모른다. 나의 경우, 내가 백스무 살이 된다면, 그때쯤 우리 아들 녀석들의 나이는 지금 우리 부모님의 나이보다 더 많을 것이다.

백스무 살이 되면, 우리도 모르는 직계 가족이 엄청나게 많이 생겨나 있을 것이다. 만일 조부모, 부모, 그리고 자식들로 구성된 어느 가족의 식구 수가 전부 합쳐서 스무 명 가량 된다면, 추가로 40년을 더 살 경우, 가족 모임에 초대해야 할 가까운 친인척만 해도 백 명이 넘을 것이다.

개개인의 경제 사정은 다 다를 테지만, 서비스는 모든 계층이 누려야 할 필수 부문이 될 것이다. 점점 더 많은 인구가 보통 수준보다 점점 더 느린 속도로 활동하게 될 것이다. 그런 인구가 대부분을 차지하게 될 가능성이 크다.

기다림의 시간은 길어질 전망이다. 일자리와 주거지를 얻기 위해서, 그리고 결혼하고, 아이를 낳고, 잘 은퇴하기 위해서, 무엇보다도 유산을 남겨주기 위해서 참고 견디며 살아야 할 것이다. 어쩌면 생각하는 것 이상으로 더 많이 참고 더 많이 견디며 살아가야 할지도 모른다. 그런 점을 잘 생각하면, 중산층이 유산을 남긴다는 건 어쩌면 다른 시대의 추억이 될지도 모른다. 수명이 더 연장된 탓에 저축해놓은 돈은 다시 메꿔질 가능성 없이 내내 소비되기만 할 것이다. 각 국가는 백세인百歲人(100세가 넘은 사람)들을 위한 마을을 세울 것이고, 국가 조직을 재정비하기 위해 모종의 방법을 모색할 것이다. 우리 모두가 대가족의 일원이 될 것이기 때문에, 온 가족이 한데 모일 만한 넉넉한 장소가 확보되기를, 그래서 가족의 온기가 숨 막히는 답답함으로 변질되지 않기를 나는 소망한다.

사람들이 100세 이상 장수하는 마을은 빌카밤바 하나만이 아니다. 파키스탄 북부의 훈자나 캅카스 산악 지대의 압하지야, 그리고 일본 오키나와의 오기미 사람들은 깜짝 놀랄 만한 나이까지 장수한다.

훈자는 물론 압하지야와 오기미에도, 지역 특색을 반영해서 장수의 원인을 설명하는 나름의 이론이 있다.

파키스탄의 훈자는 중국과 이웃한 히말라야 서쪽 산허리에 위치한 마을이다. 살구나무가 울창하게 우거진 지역이라 훈자 골짜기의 주민들은 살구 열매를 날것으로든 말려서든 어떤 형태로든 먹는다. 살구에서 기름도 짜서 쓴다. 그 기름을 요리에도 넣고, 샐러드의 소스로도 이용한다. 살구로 마멀레이드를 만든다. 살구씨는 아몬드와 비견된다. 살구를 먹는 것이 젊음을 유지하는 비결이며, 살구 때문에 훈자 사람들은 관절염과 암도 비켜간다고들 한다.

압하지야는 옛 소비에트연방의 일부였다가 독립한 조지아 공화국에서 갈라져 나온 국가다.* 흑해 동쪽의 험준한 캅카스 산악 지대에 있다. 압하지야인들은 장수의 진짜 비결이 요구르트라고 말한다. 요구르트. 압하지야 주민들은 요구르트 스프를 무척 즐겨 먹는다. 시랄리 무슬리모프**는 백예순여덟 살까지 날마다 요구르트를 먹었다. 말년을 함께 보낸 마지막 아내가 늘 챙겨주었다. 시랄리는 조금 더 젊었던 시절에 마지막 아내를 만나 사랑에 빠졌고, 그의 나이 백서른여섯 살 때 그녀와의 사이에 아이가 생겼다.

★ 1992년 조지아 내의 자치 공화국으로 인정된 뒤, 2008년 러시아의 지원을 받아 조지아로부터 독립을 선언했으나, 아직 국제적으로 널리 독립국 인정을 받지 못하고 있다.

★★ 아제르바이잔 출신인 시랄리 무슬리모프(Shirali Muslimov, 1805~1973)는 장수의 상징으로 구소련의 자랑이었다.

스탈린 시대에 시랄리의 장수는 상징적인 것이 되었다. 스탈린과 시랄리가 같은 지역 출신이라는 사실에 기인하여 스탈린은 우표를 제작하기로 했고, 장수인인 시랄리의 얼굴을 담은 우표가 연속으로 발행되었다. 스탈린은 세상 모든 사람들이 우편을 통해 그 사실을 알기 바랐다.

'백쉰 살까지 살게 해주는 밥상' 같은 제목으로 책을 쓰는 것도 매력적인 일일 것 같다. 압하지야의 백세인들이 말하는 일종의 건강 안내서 말이다. 요리법, 식재료와 선호하는 맛을 담은. 하지만 나는 그 생각이 적절하지는 않다고 생각한다. 100세 이상 인구 중 최고령 장수를 자랑하는 압하지야인들은 달걀, 치즈, 버터를 먹는데 이들 음식은 콜레스테롤 함유량이 매우 높다. 게다가 그들은 양고기와 같은 붉은색 고기를 매우 즐긴다. 콩은 전혀 먹지 않는다. 동물성 지방을 먹는다. 단것을 먹지 말라는 말도 없기 때문에 모두들 아무런 거리낌 없이 단것을 먹는다.

오키나와 섬 북쪽 지방에 있는 오기미 마을 주민들은 다른 종류의 확신을 갖고 있다. 그들은 장수를 영적이고 고요한 삶의 결과로 여긴다. 또한 자연식 밥상을 장수의 비결로 꼽는다. '여주'는 쓰디쓴 채소지만, 비타민 C가 풍부하여 오키나와 사람들에게 치유 효과를 준다. 그들은 날마다 여주를 먹는다. 자기 집 텃밭에 직접 키워서 조금씩, 점심과 저녁식사 때 미역류 해초를 곁들여 먹는다. 마을 사람들은 활동적인 삶을 영위하며 노인들 역시 바쁘게 지낸다. 오기미에서 젊음은 결코 한철이 아니었다.

자연에 따른 건강하고 소박한 생활 습관의 실례라고 할 수 있는 오키나와 장수인의 경우를 제외하고, 압하지야, 빌카밤바,

훈자 사람들의 수명과 대조적인 식습관은 이른바 건강한 삶을 살아가려는 용사들 입장에서는 언짢기만 할 진실일 뿐이다.

압하지야에서 지방을 섭취하는 것, 빌카밤바에서 소금을 먹고 담배를 피우는 것, 그리고 훈자에서 살구에 집착하는 것은 각각 건강 면에서 똑같은 결과를 나타낸다. 중년 부인의 모임에서 엄마의 지론대로 처신하는 아이처럼 말이다.

어떠한 식단도 인간의 삶을 최대한 연장시킬 수는 없다. 식단은 장수의 최대치로 여겨지는 어떤 한계에 다가설 가능성을 높일 수는 있지만 그 한계를 경신할 수는 없다.

이제 남은 가능성은 물이다. 노벨상 후보로도 거론되었던 헨리 코안더 박사*와 그의 제자이자 뉴에이지의 대부 중 한 명으로 알려진 플래너건 박사**는 한평생 물 연구에 종사했다. 훈자와 빌카밤바의 물은 다른 곳의 물보다 비등점이 높아 끓기 시작하는 데 더 많은 시간이 소요되었다. 왜일까? 그건 바로 물의 점성이 다르기 때문이다. 또한 훈자와 빌카밤바의 물은 알칼리성이고, 항산화 효과가 있는 미네랄을 함유하고 있다.

안타깝게도 항산화 물질이 항노화에 효과가 있는지는 아직 완전히 입증되지 않았다. 과학계에서는 해당 주제가 아직 걸음마 단계에 있다고 말한다. 그런 사이에 제약업계는 앞다퉈 항산화 물질의 효능을 맹목적으로 인정하고 있다.

비타민 E를 매일 섭취하는 것이 좋다고 해도, 그것이 항노

★　　헨리 마리 코안더(Henri Marie Coandă, 1886~1972), 루마니아 출신 과학자.
★★　패트릭 플래너건(Patrick Flanagan, 1944~), 미국의 뉴에이지 연구가.

화에 어떻게 이로운지는 명백하게 증명된 바가 없다. 사실, 유기체는 제 힘으로 항산화 물질을 상당량 만들어낸다. 다른 점이 있다면, 유기체가 만들어내는 항산화 물질은 공짜라는 점이다.

훈자, 압하지야, 오기미, 그리고 빌카밤바 사람들의 공통점은 무엇일까? 모두들 도심에서 멀리 떨어져서 산다. 대도시가 제공하는 것에는 수많은 편의 시설과 함께 일찍 죽는 것도 포함된다. 훈자, 압하지야, 빌카밤바는 모두 해발 1500미터 이상 되는 높이에 위치한다. 오기미는 해수면 높이에 있다. 일상식으로 뭘 먹든 상관없고, 언제나 먹을 수 있는 양보다 덜 먹는다. 이 점은 염두에 두어야 할 정보다. 섭취 열량은 대략 1700칼로리다. 하루 권장 열량보다 낮다.

물론 저칼로리 식사가 삶을 연장해준다는 견해를 지지하는 연구 갈래가 있긴 하지만, 아직은 해당 연구자들이 내세우는 바를 더 명확히 증명해내도록 시간을 좀 더 주어야 할 것이다. 우리가 기를 쓰고 우리의 장년들을 굶겨 죽이기 전에 연구 결과를 기다리는 편이 낫다.

장수인들이 공유하는 또 다른 특이점은 결코 은퇴하지 않는다는 점이고, 그 밖에도 훈자, 압하지야, 빌카밤바의 남자들 경우에는 젊은 아가씨들과 벌인 성적인 무훈을 즐겨 과시한다는 점이다. 오기미에서는 다르다. 더 오래 사는 쪽은 여자들이고, 여자들은 훨씬 더 신중한 태도로 삶을 영위한다.

각 마을에 사는 사람들은 저마다 노인이 된다는 게 무슨 의미인지 잘 안다. 내가 감히 아버지에게 묻지 못하는 어떤 것이다.

요양병원에 아버지를 모시고 가는 일이 잦다 보니 나는 병동 담당 과장과 잘 아는 사이가 되었다. 오늘 그는 병원에 없다. 간호사 말로는 환자 신세가 되었다고, 고열로 출근하지 못했다고 한다. 내가 지나치게 부풀려 생각하는지는 몰라도 바라건대 부디 우리 아버지 때문에 그가 감염된 것은 아니길. 지금 일하고 있는 의사는 대타로 투입된 의사다.

과장과 나의 관계는 여러 단계를 거치며 형성되었다. 처음에는 모종의 마찰이 있었지만 우리 둘은 각자가 할 수 있는 최선의 것을 제시했고 합의에 이르렀다. 공존을 위한 일종의 규칙을 세웠다. 얼마간 세월이 지나고 나니 이제는 아버지를 병원에 모셔 올 때마다 그를 만나는 일이 한결 홀가분하다. 물론 올 적마다 아버지의 증상을 줄줄 읊어야 하긴 하지만.

아버지는 뇌의 두 군데, 그리고 심장의 세 군데가 기능하지 않는다. 갖가지 경색증을 앓았다. 한쪽 눈의 시력을 잃었고, 부갑상샘을 제거해야만 했다. 당뇨와 고혈압을 앓고 있으며 투석도 한다. 아무도 아버지의 콩팥이 하는 말을 들어줄 용의가 없지만, 아버지의 콩팥은 이제 수명을 다했노라 말했다. 위장관 출혈도 네 군데나 있는데, 두 군데는 상부, 두 군데는 하부 출혈이다. 전립선도 한 번 외과 수술을 받았다. 심장부정맥도 앓고 있는데, 그건 그나마 약이 잘 듣는 편이다. 걷기도 그만두었다. 내가 알기로 아버지가 맨 처음 걷지 않기 시작했던 건 순전히 아버지 본인의 결정이었다. 지금은 두 다리가 모두 위축되었다. 게다가 당뇨 발을 앓고 있다. 오른쪽 발에는 아무리 치료해도 낫지 않는 작은 상처가 있다. 왼쪽 발에는 발가락이 하나 없다. 그 발가락은 벌써 1년 전에 제 할 일을 망각한 터였다. 그래서 나는 서둘러 결정을 해야 했고, 그 결정은 큰 효과를 거두었다. 그 뒤로는 증세가 다시 심각해지지 않았기 때문이다.

아버지 몸에서 별다른 문제 없이 작동하는 건 담낭이지만 그렇다고 해서 마냥 환호할 수가 없는 건 어머니가 겪고 있는 병증이 바로 담낭중인 까닭이다.

내가 아버지를 모시고 병원으로 달려올 때는 대개 사느냐 죽느냐 분초를 다투며 오는 것인데, 그때마다 나와 과장은 서로 이야기가 잘 통한다. 우리가 맨 처음 마찰을 빚었던 건, 그가 우리 아버지의 건강 상태나 연령이 투석에 부적절하다고 판단했기 때문이다.

"일흔이 넘으신 고령인 데다 현재 아버님의 몸 상태로는 투석을 진행할 수가 없습니다. 법이 제한하지는 않지만, 만일 모든 환자에게 투석을 한다면 의료 체계가 망가질 거예요. 게다가 그렇게 영위하는 삶은 너무 고달픕니다. 고달파도 너무 고달프죠."

그가 고개를 가로저으며 말했다.

"카테터catheter라는 플라스틱 관을 팔이나 목에 삽입한 채 지내야만 하는데, 문제는 그 관이 막히거나 그 부위가 감염되기 일쑤라는 겁니다. 새것으로 교체하려면 다시 환자를 수술대에 눕혀야 하고요. 환자분이 서른 살만 젊으셨어도 투석을 진행해야 할 이유가 있었을 거예요. 하지만 아버님 연세에 뭐 때문에 투석을 합니까? 고통스럽기만 할 뿐이에요. 아드님께서 선택하셔야 합니다."

나는 아버지를 죽이는 결정이 엄숙한 행위이며, 고뇌에 찬 양자택일의 물음이자, 불면의 밤을 수도 없이 보낸 후에야 풀어낼 수 있을 심각한 고민과 내적 갈등이 따르는 문제일 거라 짐작해왔다. 더구나 아무런 흔적도 증거도 남기지 않으려면 아주 조심해야 할 것이라고도 생각했다. 근친 살해의 수많은 사례는 날마다 회자되며, 잘했다는 칭찬은 전혀 들을 수도 없고 무수히 많은 뒷말만 낳고 만다. 하지만 나는 단지 아버지가 투석을 받지 않도록 하는 쪽을 선택하는 것으로, 혹은 의사가 설명해준 걸 충분히 잘 이해했노라 대답하는 것으로, 아버지의 손을 뿌리칠 수 있었을 것이다. 이로써 나는 자비로운 사람이 될뿐더러 의료 서비스 규정에 동의하는 사람이 될 수도 있었을 것이다. 따로 서명할 필요도, 핑곗거리를 찾을 필요도, 그런 일들을 어떻게 할지 계획할 필요조차 없었을 것이다. 절호의 기회였다.

노인이 되고, 병들고, 스스로를 건사할 능력을 상실할 때, 삶은 가장 순수한 상태로 축소되고 만다. 사는 것. 그 자체 이상 아무것도 존재하지 않는 삶이 되는 것이다. 그런 삶에 시스템은 비집고 들어갈 수 없으며, 설령 그리한다 해도 그것은 부당한 일일 뿐만 아니라, 적은 것을 얻고자 지나치게 많은 재원을 들이는 일이 될 것이다. 재원은 노인들보다는 젊은 사람들에게 사용하는 편이 훨씬 낫다. 젊은 사람들에게 사용하면 어지간히만 해도 훨씬 더 많은 걸 얻어낼 수 있다. 예컨대 우리 아버지의 경우 생산적이지 않고, 남을 도울 수도 없으며, 움직일 수도 없다. 기본적으로 살아 있는 것, 살아 있는 것 이상 아무것도 없는 삶이다. 그리고 아버지의 생명은 신성하지만 나는 아무런 처벌도 받지 않고 아버지를 죽일 수 있다. 제 몸 하나 스스로 건사할 수 없는 삶은 세상에서 제거될 수 있다. 낙태하듯 아버지를 떼어낼 수 있다. 나쁘지 않다. 내 생각엔 필요악도 아닌 것 같다.

가족이란 게 생겨난 이래로 이런 결정은 가족이 떠안게 되었다. 다들 얼이 빠져서는 툭 까놓고 말하지도 못한 채 비공식적인 방법으로 결정을 내린다. 아마 그렇게 하는 것만이 그런 결정을 내릴 수 있는 유일한 방법일지도 모른다. 응급 상황에 맞닥뜨렸을 때 우리의 반응 속도는 감당해야 할 대상이 어린아이인지 노인인지에 따라 다르다. 똑같은 종류의 중압감을 겪지 않는다. 모든 게 단번에 끝나길 바라는 마음이 반응 능력을 마비시킨다.

죽기를 바라는 것은 일상적인 것이다. 겉으로 드러내도 좋을 만한 감정들과 한데 뒤섞여 찾아오는 감정이다. 그리고 자유를 되찾고 싶은 욕구는 결코 사라지지 않는다. 죄가 아니다.

죽음과 직면해야 할 때, 그리고 누가 승자로 선언될지 뻔히 알게 될 때, 차라리 첫 방을 맞고 '나가떨어져서' 패하는 것이 행운이다. 만일 싸움이 길어지면 관중은 대부분 그 싸움을 견디지 못하고 관람석에서 빠져나간다. 경기가 비인간적이라며 심판이 종료 결정을 내릴 때 남아 있는 관중은 심판에게 고마워한다. 심판은 싸움에 끼어들어 패자를 껴안는다. 이제 어느 누구도 패자를 치지 못하게 한다. 또한 패자 쪽 구석자리에 있는 누군가가 지금 무슨 일이 일어나고 있는지 이해하고, 수건 한 장을 던져줄 수도 있다.

하지만 그날 아침에 나는 그런 종류의 결정을 내릴 만한 기분이 영 아니었다.

새로 온 의사는 흰 가운과 흰 셔츠, 그리고 의사들만 착용하는 넥타이를 매고 있다. 서른다섯 살가량 되어 보이고, 이 병원에 근무하게 되면서 받은 손목시계를 차고 있다. 나라면 잃어버릴까 겁나 절대로 밖에서는 사용하지 않을 만년필로 진료 기록부에 기록을 한다. 그는 나보다 키가 크고 또 더 말랐다.

"안녕하세요, 412호 입원 환자의 아들입니다."

의사는 달가워하지 않는다. 내가 간호사를 통해 미리 면담 요청을 하지 않았다면 의사가 내 말을 듣고 있어야 할 이유는 없다. 의사가 검진에 관한 이야기를 해줄 진료 시간이 아닌 때에 복도에서 기다리고 있었던 것이니, 지금 나는 매복을 하고 있었던 셈이다.

"412호요?"

"네."

나는 마치 비행기 통로에서 승객이 승무원을 부르듯 불빛이 깜빡이는 입원실 번호판을 가리키며 대답한다. 이번 승객은 아버지인데, 하늘나라로 여행하고 싶어 잔뜩 들떠 있는 것 같지는 않다.

"이번에도 똑같아요. 기다리셔야만 합니다."

나는 의사에게 인공신장기를 사용할 건지 묻는다. 아버지는 어제 투석을 못해서인지 지금 흥분 상태이고, 콧줄을 빼려고 하도 난리를 친 바람에 침대에 묶여 있는 신세다.

"아직 안 되고요, 검사 결과가 나오기를 기다리도록 합시다. 결과를 보고 나서 신장학과에 의뢰를 해봅시다."

나는 주장한다.

"아버지는 하루건너 한 번씩 한 주에 세 번 투석을 하세요. 그런데 지금 투석한 지 벌써 일흔두 시간이나 지났습니다. 검사실에서 검사 결과가 아직 나오지 않았어도 저희 아버지의 의식이 흐려졌다면 그건 투석을 안 한 탓이라고 확신합니다만."

"좋아요, 그런데 그건 저희 쪽에서 결정할 부분입니다." ─ 의사는 나한테 이미 좀 질렸다. 그는 대번에 덧붙여 묻는다. ─ "혹시 의사십니까?"

나는 잠자코 있는다. 이런 일은 처음이 아니다. 여러 해가 지나고 나서야 나는 심술궂게도 그런 매 순간을 즐겼노라 고백한다. 나는 먼저 의사가 살짝 불편해하도록 아무 소리 않고 있다가 이내 의사의 눈을 똑바로 쳐다보며 대답한다.

"네, 의사 맞습니다."

머리를 한 대 쿵 하고 맞은 양 의사는 고개를 뒤로 젖힌다. 의사는 몇 초간 멈칫하는데, 그 잠깐 사이에 이 사람이 어째서 자신을 익숙하지 않은 친밀감으로 대하면서, 왜 있으면 안 될 것 같은 이 시간 이 장소에 있는지, 그리고 입원 병동의 수간호사가 어째서 이 사람을 몰아내지 않는지 생각할 것이다. 그러고 나서는 조금 전과는 사뭇 다른 어조로 내가 정말로 의사가 맞는지 재차 물어볼 것이다. 전공 분야가 무엇인지, 어디서 일하는지 알고 싶어 할 것이다. 그때는 내가 더 어찌할 수 없는 두 가지 가능성이 존재하게 될 것이다. 의사가 곱절로 오만해지고 나 또한 다소 격한 태도를 취하게 되거나, 그게 아니라면 의사가 나를 병든 아버지를 모시고 사는 동료로 대하게 될 것이다.

"의사시라고요?"

"네, 그렇습니다. 선수도 별수 없죠?"

내가 대꾸한다.

의사가 웃는다. 내 말이 맞는다고, 내 말에 일리가 있다고 말한다. 참 다행이다. 오늘 중으로 적절한 때에 아버지를 투석하겠노라고 말하며 나를 안심시킨다. 그리고 자신을 용서하라고, 당신도 환자란 사람들이 어떤 사람들인지 경험하지 않았느냐고 말한다.

"네, 아버지께 전할게요. 가장 안된 거야 환자들이죠 뭐."

비아냥댄 말은 아니다.

나는 여행을 간다. 아버지의 퇴원 허가도 곧 떨어질 것이다. 집으로 찾아와 아버지를 살펴줄, 의사와 간호사로 이뤄진 의료진도 꾸려져 있다. 그 밖에도 운동요법사가 아버지의 재활을 도우러 올 것이다. 우리 어머니는 당신들을 돌본답시고 낯선 사람들 여럿이 집 안을 왔다 갔다 하는 것이 조금 불만이다. 마치 노화와 병마가 멀쩡했던 자신들을 사회 공공의 문젯거리로 만들어버린 듯해서 말이다. 어머니가 영 못마땅하신 것은, 무언가 강력한 힘이 음험한 방법으로 작용해서는, 집에 누가 들어오고 누가 들어와서는 안 되는지 분명히 가름할 권한을 당신에게서 빼앗아 갔기 때문이다.

문젯거리가 수두룩이 산적해 있지만 지금 떠나지 못한다면 나는 앞으로도 영영 떠나지 못할 것이다. 나는 언제나처럼 여기 남아 온갖 소소한 일들을 일일이 감독하는 일을 지속할 수도 있고, 아니면 이 모든 걸 단번에 그만둘 수도 있다. 그러나 훗날 내 안에서 높은 수위로 자라나게 될 증오심은 어느 누구에게도 이롭지 않다. 그러니 지금 여행을 떠나는 편이 낫다.

비행기에 탑승해서 여권과 항공권을 다시 살핀다. 어찌하다 보니 나도 모르게 우리 아이들의 여권까지 들고 왔다. 하지만 그리 문제 될 건 없다. 아이들은 지금 학기 중인데다가 당분간 비행기를 탈 계획도 없기 때문이다. 하지만 가져오려고 마음먹었던 카메라 하나를 깜빡하고 그냥 두고 왔고, 여행지에 걸맞게 옷가지를 잘 챙겨 온 건지 어떤지도 당최 모르겠다. 이번처럼 이렇게 엉성하게 짐을 챙겨 여행을 떠난 적은 한 번도 없었다. 상관없다. 안전띠를 잘 매라는 기내 방송을 듣자마자 이내 긴장이 풀리기 시작한다. 이제 나는 아무 때나 이용 가능한 사람이 아니다. 누구든 두 시간마다 내게 전화할 수 없고, 아무것도 질문할 수 없다. 기장이 "승무원은 이륙 준비 완료"라고 말하자, 나는 깊은 숨을 내쉬고 두 눈을 감는다. 떠나고 있다기보다는 탈출하고 있다는 기분이 든다. 다른 모든 것들로부터 나는 탈출하는 중이다. 그것이 바로 휴가의 숨은 비밀로서 그 시간 동안 누군가는 진정으로 편안히 휴식할 수 있다.

키토 공항에서는 에디손이 나를 기다리고 있었다. 에디손 데 라 게라Edison de la Guerra 박사는 일주일 전 국립의학아카데미에서 알게 되었다. 내 친구가 기획한 과학과 문화에 관한 학술 행사가 거기서 열렸는데, 친구는 내 여행 계획을 미리 알던 터라, 행사에 참가하러 에콰도르에서 날아온 에디손을 내게 소개해주었다. 이 친구는 특이한 구석이 많은 사람인데, 아는 것이 너무 많아서 오히려 의사 같지가 않다. 친구는 에디손에게 내 부탁을 했고, 그런 까닭에 에디손은 내가 키토에 체류하는 동안 잘 지낼 수 있도록 도울 책무를 떠안게 되었다.

이튿날 나는 로하행 비행기를 타러 공항으로 나갔다. 항공권은 이곳으로 오기 전에 미리 발권해둔 터였다. 대기실에 앉아 있는데, 비행기 몸체에 그려져 있는 항공사 로고가 시야에 들어왔다. 날개 달린 남자의 모습이다. 항공사의 이름은 이카로Ícaro★였다. 그렇다, 이카로. 이카로! 다른 이름을 선택할 수도 있었을 것이다. 누군지는 몰라도 승객들을 실어 나르는 항공사에 어떻게 '이카로'라는 이름을 붙일 생각을 했는지, 창의적일지는 몰라도 참 적절치가 않다. 전설에 이카로스는 날개를 달고 하늘 끝까지 날아올라 크레타의 감옥에서 탈출하는 데 성공했다. 하지만 이글거리는 태양에 날개가 녹아버려 땅으로 추락하고 말았다. 추락했고, 죽었다. 내가 탈 비행기에 굳이 그런 이름을 붙일 필요가 있었을까?

나는 떠났고, 날아갔고, 도착했다. 로하 공항의 입국장은 참 자그마하다. 유리창 너머로는 승객들이 짐을 어떻게 찾나 구경하며 도착한 이들을 기다리는 사람들이 서 있다. 회사 임원급 회의에 참석하기라도 하는 듯 옷을 잘 차려입은 한 사내가 유리창 너머 한쪽에 서 있다. 내 편의를 봐주려고 파견된 국제보건기구 직원일지 모른다. 나는 유리창으로 다가가서 그 남자 바로 앞에 멈춰 선다. 회색 양복, 흰색 셔츠, 옷에 맞춘 넥타이, 바짝 짧은 머리, 허리에 뒷짐을 진 채로 마치 내가 방해물이라도 되는 듯 나를 피해 다른 쪽으로 비스듬히 눈길을 던진다. 나는 가방을

★　그리스 신화에서 새 깃털을 밀랍으로 붙여 만든 날개를 달고 하늘을 날다 추락하고 만 인물, 이카로스(Ícaros)를 스페인어식으로 쓴 것이다.

들고, 야구모자의 챙을 뒤쪽으로 돌려 쓰고 나간다. 내가 타고 온 비행기는 오늘 이곳에 도착하는 마지막 비행기였고, 공항 문은 곧 닫힐 터이다. 공항에서 가장 가까운 도시는 한 시간 반 거리에 있고, 나는 의지가지없이 낯선 곳 한가운데에 우두커니 서 있다. 나는 어떻게 여기서 빠져나갈 수 있을지 궁리하기 시작해야만 할 참이었다. 나는 기업의 중역쯤으로 보이는 그 남자에게 다가가서 혹시 누군가를 기다리는 것 아니냐고 묻는다.

"박사님이시군요? 어이쿠, 죄송합니다. 몰라 뵀네요."

사람들은 내가 지나온, 로하에서 빌카밤바에 이르는 길 어딘가에 잉카의 보물이 묻혀 있을 것이라고 추측한다. 모르긴 해도 커다란 방을 가득 채우고도 남을 만큼 엄청난 황금이 묻혀 있을 거라 생각한다.

스페인인들은 이 지역을 침략하여 아타우알파 왕을 사로잡았다. 그리고 왕을 풀어줄 테니 왕을 가둬놓은 방 안을 왕의 팔 높이까지 황금으로 채우라고 위협했다. 잉카인들은 침략자들의 말에 따라 제국의 방방곡곡에서 황금을 실어 와야만 했는데, 그당시 제국의 영토는 엄청나게 드넓었다. 특사들이 각지로 달려가서, 황금을 운반차에 가득 싣고서 왕이 잡혀 있는 곳을 향해 다시 달려왔다.

그러나 왕 납치 사건은 예기치 않은 결말에 이르렀다. 스페인인들이 아타우알파 왕을 살해하고 만 것이다. 그들은 왕의 목을 베고, 전리품으로 뱃속을 채우지도 않고서 그냥 떠나버렸다.

뒤늦게 왕이 죽었다는 소식을 전해 들은 운반대장들은 황금을 중간에 숨겨놓기로 결정했다. 그들은 황금이 정복자들의 탐욕스러운 손아귀에 떨어지지 않길 바랐다.

"그래서 여기쯤에 묻혀 있나요?"

"여기 어디쯤일 거예요."

마을 어귀에 안내판 두 개가 붙어 있다. 하나에는 이제 막 도착한 여행객을 환영하는 인사말이, 다른 하나에는 빌카밤바가 해발 약 1500미터 높이에 있고, 대략 주민 4200명이 살고 있으며, 평균 섭씨 20도 정도를 유지한다는 내용이 적혀 있다. 마을 안쪽으로 몇 걸음 더 들어가니 앞선 안내판들보다 훨씬 더 알록달록한 색깔로 보는 이의 관심을 단번에 사로잡는 표지판이 하

🪴 빌카밤바 마을 표지판

BIENVENIDOS A
VILCABAMBA

DATOS INFORMATIVOS:
Altitud: 1565 m.s.n.m.
Temperatura promedio: 20.5 °C
Población: 4167 hbts. (INEC-Censo 2001)
Distancia a Loja (ciudad): 36.40 Km

I. MUNICIPIO
DEL CANTON LOJA

BIENVENIDO - WELCOME
ALLI SHAMUSKA

빌카밤바 마을 어귀

나 더 붙어 있다. 상단에 영어로 "빌카밤바에 오신 걸 환영합니다"라는 환영사가 쓰여 있고, 마을의 전경을 바라보는 한 주민의 얼굴이 광고판 왼편을 꽉 채우며 커다랗게 그려져 있다. 백세인이다. 일하러 나갈 준비가 되어 있는 평온한 남자의 얼굴이다.

　　장수와 기대수명 사이에 차이가 있다는 것은 생각해볼 만한 점이다. 장수란, 120년으로 헤아려지는 기다랗게 뻗은 길과 같다. 우리가 병증을 예방하는 데 부지런하고, 최대한 청정한 장소에 살며, 의사를 만나러 가는 걸 제외하고는 아예 집 밖으로 나가지 않는다고 가정할 때, 우리가 숨 쉴 수 있다고 상상되는 최대한의 시간이다. 만일 우리 유전자가 말썽을 일으키지 않고, 아무런 사고도 일어나지 않으며, 운까지 좋다면, 우리가 최대한 도달할 수 있는 나이는 백스무 살이다. 적어도 과학이 구상한 바는 바로 그것이다. 그 연령에 이르면 몸을 구성하는 세포들은 제아무리 질이 좋고, 또 조심스레 소중히 잘 다루어졌다 하더라도, 이제 자신은 할 만큼 다했노라고 고하고 활동을 멈춰버린다. 어느 순간에 이르면 우리 모두 죽게 마련이라는 것, 그것은 일종의 대중적 믿음을 입증하는 과학적 이론이다.

　　반면, 기대수명이란 우리가 여기저기 묵으면서 얼마나 걸어갈 수 있을지를 의미한다. 보나마나 빌카밤바 주민들을 제외하고는 대부분 사람들이 결승점에 도달하지 못하거나, 다음 길

모퉁이에 채 도착하기도 전에 다른 길로 건너가 버리기 일쑤일 것이 분명하다. 장수라는 것은 정해져 있고, 기대수명은 의사의 조언이 작동하는 곳에 존재하는 것으로 보인다.

만약 우리가 지방, 염분, 스트레스, 각종 산화 물질이 들어 있는 유리장 안에 갇혀 있다면, 기대수명은 줄어들 것이다. 반면 우리가 중간 평가를 받기 위해 가던 길을 이따금씩 멈춘다면, 그리고 걸어가는 길이 내내 깨끗하고 더구나 운까지 좋다면, 우리는 상당히 먼 거리를 전진할 수 있을 법하다.

지금까지는 바로 그 백스무 살에 최대한 근접한 나이까지 어떻게 장수할 수 있을 것인지에 집중해서 연구가 이루어졌다. 어째서 이백 살이나 삼백 살이 아닌 백스무 살일까? 세포는 이런저런 이유로 활동을 멈춘다. 세포가 증식될 때 DNA의 맨 가장자리가 마모된다는 점이 세포 활동이 중단되는 한 가지 이유가 될 수 있다. 세포를 보호해야 할 메커니즘이 최상의 상태로 작동하지 않다 보니 DNA의 말단이 완벽히 두 배로 증식되지 않는다. 불량품처럼 말이다.

그러나 노화는 신성한 뭔가가 아니다. 다른 것들과 마찬가지로 일종의 과정일 뿐이다. 땅이 요동치거나 발아래로 푹 꺼져 버리지 않는 한 치료할 수도 있을 법한 메커니즘이다.

DNA의 말단을 마모시키지 않으면서 세포가 증식할 수 있도록 관여하는 효소가 있다. 우리가 성장함에 따라 효소는 비활성화한다. 하지만 어떤 종류의 종양은 효소를 활성화시켜 세포가 무한대로 증식하는 데 기여한다. 무분별한 데다가 이로운 점도 거의 없는 성장이다.

어쩌면 과학의 진보와 더불어 그 효소가 조절될 수 있고, 몸의 어느 부분은 노화하지 않을 수 있으며, 우리가 걸어가는 길은 훨씬 더 광대해질 수 있을지도 모른다.

우리는 노화와 죽음에 관해 변함없는 생각을 가지고 있다. 둘 다 불가피하다고 여긴다. 하지만 만일 노화가 병증으로 간주되고, 우리 모두가 받을 고통이며, 악질적인 생물학적 메커니즘에 의해 발생하는 병증이라면, 어떤 식으로든 치료 가능한 시스템이 존재해야만 할 것이다. 그런 시스템에 대해 궁리해보는 것이 가능할 것이다.

노화에 대해 생각하는 또 다른 방식은, 노화라는 것이 신체가 제 기능을 멈추고 우리가 새 신체를 요청해야만 할 어느 특정 시점에 작동을 시작하는 프로그램과 같다고 보는 것이다. 그러면 흰색 가운을 입은 '해커'를 투입해서 신체 조직으로 하여금 아직 노화라는 프로그램을 개시할 순간이 아니라고 믿게 만든다면, 우리가 백스무 해를 걸어왔을 때에도 우리는 여전히 젊은이일 수 있다.

유기체의 시간은 연대기적이지 않다. 달력이 가리키는 나이는 우리 모두에게 정확히 똑같이 기능하지 않는다. 그래서 쉰 살 동갑내기 두 명이 서로 다른 나이로 보이기도 한다. 각각의 유기체에는 저마다 특수한 시간이 존재한다. 지금까지도 손목시계의 정확성으로 측정하기가 불가능한 생물학적인 나이가 있다.

10

마드레 티에라Madre Tierra*는 산 중턱에 위치한 '뉴에이지' 신전이다. 마드레 티에라의 주인인 캐럴은 이 지역의 특수한 환경, 다시 말해 오염되지 않은 공기와 에너지 입자로 가득한 환경 때문에 여기 거주하는 사람들이 자기 고향인 캘리포니아의 이웃들에 비해 훨씬 더 건강하고, 더 나은 삶을 살며, 장수한다고 확신한다. 그래서 마드레 티에라에서는 그 구조와 기능이 대자연에 가능한 최소한도로만 영향을 끼치도록 애쓴다. 소음이 없다. 모든 객실이 사람 손으로 직접 지어지고 채색되었다. 아침, 점심, 저녁 식사 모두 100퍼센트 유기농 식단이다. 모든 음식이 자연 그대로인 것으로 준비되고 조리된다. 예를 들어 음료는 열여덟 가지 약초를 우려낸 물과 지역 특산 식물을 달여 만든 차다. 여기에 아무런 비용도 치르지 않고 거저 얻은 지리 환경이 더해진다. 청정한 공기와 깨끗한 물. 물은 '인기 스타'이자 주인공으로서, 기대수명을 논하는 목록에서 여왕의 자리를 차지한다. 물

★   '어머니 대지'라는 뜻.

을 고려하지 않은 채 마을의 장수를 설명한 담론은 어디에도 없다. 대부분 빌카밤바의 물이 삶을 연장시키고, 너끈히 100년을 살아가도록 하는 근본적인 요인이라는 점에 동의한다. 그 점은 아무도 의심하지 않는다. 하지만 빌카밤바에 도달하는 물이 이곳 사람들의 수명을 연장시키는 게 확실하다고 과학적으로 증명된 바는 전혀 없다.

빌카밤바 사람들은 무난하게 백스무 살에 이를 수 있다. 이곳에서는 인간들만 장수하는 것이 아니다. 개도 스물다섯 살까지 살고, 그 밖에 다른 동물들도 다른 위도에서 서식하는 자기 동족보다 훨씬 더 오래 산다. 분명한 사실은, 이 산골에서는 생명이 있는 것이라면 그 무엇이라도 굉장히 오래 산다는 것이다.

빌카밤바에서 무슨 일인가 일어나고 있다. 마을 어귀에 접어들자마자 활발한 걸음으로 활보하거나 나귀 등에 올라타고 오솔길을 지나가는 노인들이 보인다. 생김새는 내가 아는 노인들과 비슷해 보인다. 딱 하나 다른 점은, 내가 아는 노인들은 노인병에 시달리고, 집 밖으로 나가지 못한 채 의사가 오기만을 기다리면서 말간 하늘만 바라보고 산다는 점이다.

마드레 티에라에서는 물과 대단히 신경 쓴 음식을 제공할 뿐더러, 재생 효능이 있다고 일컬어지는 것들을 잘 고려한다. 산에서 뿜어져 나오는 엄청난 음이온에 고마워하며, 혹시 몰라서 요가, 명상, 스파, 마사지를 더한다. 스트레스 예방 차원에서 그렇게 하는데, 일하는 직원들도 친절하다. 저녁 식사는 촛불 아래 차려지고, 주위는 꽃과 새와 에콰도르의 전통 물품들로 장식되어 있다. 영어 노래가 흘러나온다. 세심하게 신경 쓴 흔적. 음악은 작게 틀어놓아 주위 환경과 잘 어우러지도록 한다. 온갖 식물이 울창하여 거의 밀림이나 다름없다. 자연은 구석구석 모든 곳에 영향을 끼친다. 야생 상태의 자연이야말로 지구의 있는 그대로 모습이다.

마드레 티에라는 죽음과 싸우려는 서구 문명의 가장 과격한 사고방식의 전형을 보여준다. 동물처럼 자연의 방식대로 사는 것, 말하자면 고요한 상태로, 미소를 지으며, 악의 없어 보이게 사는 것 말이다. 그렇지만 대자연이 일종의 종교가 될 때, 자연에 대한 맹신은 결국 적에게 편협한 태도를 취한다.

이 장소가 가진 힘을 알고 나서 나는 모기가 있는지 물어보지 않을 수 없었다.

"아니요, 여기에는 없어요."

메르시가 대답했다. 미소를 지으며 여권을 보여달라고 했던, 가무잡잡하고 근사한 아가씨였다.

다행이다. 이토록 몸이 가볍게 느껴진 적이 없었다. 성가시게 앵앵거리는 모깃소리를 듣지 않아도 되고, 암컷 모기의 교활한 공격에 고통 받는 일 없이 잠들게 될 것이다. 모기 녀석들은 내 피 맛을 보고 나면 좋아서 미쳐버리기 일쑤라, 일말의 주저함도 없이 한껏 기대에 부풀어 밤이면 밤마다 나를 찾아오곤 한다. 모기를 죽이는 행위는 다행히 동물보호협회라든가, 생태계를 수호하는 어떠한 기구도 죄악시하지 않는다. 어쨌든 나를 긴장시킨 것은 그게 아니었다. 내 잘못이 나를 긴장시켰다. 죄를 저지른 기분. 나는 배낭에 살충제 스프레이를 숨겨놓았다. 빌카밤바에서 사용하려고 화학 물질을 가져온 걸 나 스스로 알고 있다는

사실이 나한테 감정적으로 영향을 주고 있었다. 다행히도 메르
시는 나한테 모기가 없다고 일러주었다.

11

나는 아파트에 산다. 날마다 가스, 전기, 전화를 쓴다. 음식은 슈퍼마켓에서 사다 먹는다. 그러나 내 몸에 영양분을 공급하는 음식물이 어떻게 생산되어 무슨 경로로 왔는지 철저하게 따져본 적이 한 번도 없다. 나는 냉장고를 쓴다. 전자레인지도 쓴다. 두통이 생기면 자가 진단으로 진통제를 처방해서 복용한다. 의사는 약을 처방하는 사람이기도 하니 의사인 내가 자가 진단으로 약을 복용하는 것은 그리 심각한 문제가 아니다. 나는 화석 연료로 작동하여 대기를 오염시키는 자동차류, 예를 들어 택시 같은 것을 타고 이동하기도 하는데, 단, 거리가 멀다는 정당한 이유가 있을 때만 그렇게 한다. 대자연과 나의 관계는 항상 격렬하다. 격렬하다는 말이 지닌 모든 의미에서 그러하다. 좋은 의미로든 나쁜 의미로든 말이다. 이번 경우, 내가 열대 지방의, 어느 산허리에서, 밤에, 홀로 동떨어져 있는 어느 방 안에서 짐을 푸는 중이라면, 그곳에 분명 내가 무척이나 흥미로워하는 무언가가, 혹은 내가 글로 써내고 싶은 무언가가 존재하기 때문인 것이다. 초록빛 녹음, 공기, 동물이나 그 밖에 내 방에서 나를 맞이한 온갖 자연물 때문이 아니다. 나는 단순히 자연과 접촉을 즐기려고 여기 온 것이 아니라 그 값을 톡톡히 치르겠다는 마음을 먹고 왔다. 더욱이 내가 여독으로 잔뜩 지쳐 휴식이 필요할 때, 메르시의 말이 거짓이 아니었음을 깨닫게 되었다. 모기가 없었다. 여기 없는 유일한 것이 바로 모기였다.

나는 지금 막 타란툴라 한 마리를 죽였다. 굵은 여덟 다리에 거뭇거뭇한 털이 숭숭 나 있는, 어른 주먹만 한 거미다. 욕실로 막 들어서려는 찰나 시커먼 녀석이 떡하니 보였다. 전혀 예기치 못한 방식으로 위험과 맞닥뜨리게 될 때 우리 인간들은 대개 다음과 같은 특징을 보인다. 바짝 얼어붙고, 돌덩이처럼 굳어버리고, 꼼짝도 않고, 숨도 멈춘다. 그건 파충류가 취하는 태도와 똑같고, 즉각적인 반응으로 거리를 벌리는 물고기나 고양이의 태도보다는 덜 효과적이다.

나는 화들짝 놀란 마음을 가까스로 가라앉히고, 용기를 되찾아, 해야 했던 일을 과감히 단행했다. 둘 중 하나. 거미가 죽거나 내가 죽거나.

침대를 들추니 깨알보다 작은 벌레들이 바글바글거리며 침대보 위를 톡톡 튀어 올랐다. 벼룩이 아닌 건 확실해도 도대체 무슨 벌레인지는 알 수가 없었다. 그렇다고 해서 잠자코 서서 녀석들의 정체가 뭔지 관찰하고 싶지도 않았다. 나는 한 마리씩 꾹꾹 눌러 죽이기 시작했다. 그런데도 자꾸만 더 많은 녀석들이 나오고 또 나왔다. 개미 떼가 한 무리 대열을 이뤄 창틀을 넘어 방 안으로 몰려들었고, 방구석 저 높이 천장에는 조그마한 거미 여러 마리가 거미줄 위를 오르락내리락 바삐 움직이고 있었다. 그 순간 휴대전화가 울려서 받았는데, 부모님 댁에서 걸려 온 전화였다. 부모님은 내가 잘 도착했는지 궁금했고, 간병인은 어머니가 약을 먹지 않으려 한다는 사실을 알려주고 싶었기 때문에 걸려 온 전화였다.

"어머니 좀 바꿔주세요."

방 안에는 밀림에서나 볼 수 있는 거대한 나방들도 있었다. 나무껍질 같은 큼지막한 날개가 달린 녀석들이었다. 그 순간 타란툴라 또 한 마리가 전속력을 다해 문 밑으로 기어 들어오는 게 보였다. 오늘 밤 잠자기는 다 틀렸다는 걸 깨닫는 순간이었다. 이런 일이 이렇게 한꺼번에 일어날 수는 없는 건데. 말도 안 되는 일이었다.

"꼭 먹어야 하는 약이더라도 먹기 싫다고 하시면 그냥 내버려두세요. 뭐 하루 정도 안 먹는다고 무슨 일이 일어나진 않을 테니까요."

이렇게 통화하는 사이에 천장에 매달린 전등이 최면술사가 결사적으로 흔들어대는 시계추처럼 몹시 요동치는 게 보였다. 게다가 마치 엑소시스트 영화에서처럼 철제 침대가 저 혼자 덜컹덜컹 움직이는 것도 보였다. 나는 세차게 불기 시작한 바람 때문일 거라 생각하고, 계속 벌레 박멸 계획만 궁리했다. 나는 알아차리지 못하고 있었다. 때는 2007년 11월 16일 밤 10시 15분이었고, 방 안으로 벌레들이 대거 기어 들어오는 것, 침대와 전등의 요란한 움직임을 설명할 수 있는 무슨 일이 일어나고 있었다. 그렇다. 나는 지진 한가운데에 있었다.

아침 햇살 아래 보이는 세상은 어젯밤과는 사뭇 다른 얼굴
이었다. 따사로운 햇볕이 내리쬐고, 창문 너머로 골짜기가 한눈
에 들어왔다. 그야말로 혼이 쏙 빠질 만큼 정신없는 하룻밤을 갖
은 애를 다 쓰며 보낸 뒤, 아침이 밝아 이제 잠에서 깨어나야 할
시간이 되었을 때 내 영혼은 육체로 무사히 귀환할 수 있었다.

식당에서는 사람들이 죄다 똑같은 주제로 대화를 나누고
있었다. 간밤에 일어난 지진 이야기였다. 모두에게 영향을 끼친
사건이었기 때문이다. 타격을 입은 사람들에게는 더욱 그랬다.
지진은 빠르고 급작스런 흔들림을 불러일으켰다. 모두들 지진이
막 일어났던 그 순간을 기억하는 데 집중했다. 이를테면, "땅이
흔들리기 시작할 때 나는 트럭을 손보고 있었지." 혹은, "우리 형
님이 나를 찾아왔는데 그 순간 갑자기 접시가 바닥에 와르르 쏟
아져 산산조각이 났지 뭔가." 혹은, "지진이 난 걸 알았을 때 우
리 아들 녀석을 재우고 있었거든. 애를 품에 끌어안는 것 말고는
달리 할 수 있는 게 없더군."

나는 사람들이 하는 말을 들으면서 간밤에 무슨 일이 일어

🪴 마드레 티에라에서 내려다본 빌카밤바

났던 건지 그제야 비로소 이해할 수 있었다. 나한테도 뭔가 그런 일이 일어났던 것 같지만, 짐을 푸느라 정신이 팔려 있던 데다가 벌레들이 출몰하고 전화까지 걸려 온 바람에 내가 처한 상황을 지진이라는 낱말과 연결 지을 수가 없었다. 바람이 침대를 움직이고도 남을 만한 힘을 가지고 있다고 생각한 건 말도 안 되는 일이었다. 하물며 창문도 모두 닫혀 있었는데 말이다. 땅은 아무런 예고도 경고도 하지 않고 내 발 아래서 쩍 갈라져 두 동강 날 수도 있었다. 지진이 발생하고 몇 시간이 지나고 나서야 나는 큰 위험에 처해 있었다는 사실을 알게 되었다.

.13

많은 부모들이 가방에 명함 크기만 한 자식들의 사진을 넣고 다니듯이, 내 가방에는 그보다는 조금 더 크기가 큰 사진들이 들어 있다. 그중에는 아버지와 함께 찍은 사진이 있다. 함께 있다기보다는 서로 부둥켜안고 있다. 어느 날 아버지가 카메라를 사 왔고, 어느 오후에 내가 유치원에서 돌아오자마자 놀이옷을 갈아입을 틈도 주지 않고서 나를 의사인 외삼촌의 진료실로 데려갔다. 그곳에 도착하자 곧바로 아버지는 대기실 소파에 앉았고, 마지막 환자가 나오기를 한 시간 가까이 기다렸다. 그리고 아버지는 한 손에 카메라를 들고, 다른 한 손으로는 내 손을 붙잡고서 진료실로 들어갔다. 외삼촌은 책상에 청진기를 올려놓았는데, 아버지는 그걸 집어서 내 목에 걸어주었다. 그리고 나를 스툴에 올려 앉히고, 당신은 침대에 누웠다.

"이보게, 우리 사진 한 장 찍어주게나."

나는 아버지가 시키는 대로 이리저리 자세를 취하며 카메라로 우리를 가늠하고 있는 외삼촌을 쳐다봤다. 아버지는 한 손으로 내 목에 걸려 있는 청진기의 청진판을 잡아 당신 가슴 위에 얹었고, 다른 한 손으로는 침대 쪽으로 몸을 숙이고 앉은 내가 의자에서 떨어지지 않도록 나를 붙잡았다. 아버지는 행복한 환자의 초상이요, 의사 아들의 환자였다.

사진이 찰칵 찍히는 소리가 들렸던 그 순간은 내가 본분을 잃었던 순간이었다. 아니면 적어도 아예 착각해버렸거나. 하지만 지금 내 마음을 심란하게 하는 건 그게 아니다. 그 사진을 보면서 당시 아버지가 몇 살이었는지 자각될 때 나는 무척 심란해진다. 우리 아버지는 아주 젊은 사내였다. 두 살배기 아들이 있는 젊은 남자였다.

내가 영원한 젊음의 골짜기에 온 이유가 그 사진 때문이라 말하는 건 옳지 않을 것이다. 만일 지금 내가 하는 일이나 내 사람됨이 부모의 강요에 따라 필연적으로 만들어진 결과라면, 당시 우리 부모는 우리 조부모들이 당신들에게 했던 것과 똑같은 말을 내게 한 것이었을 테고, 우리 조부모들 역시 당신 부모들이 했던 똑같은 말을 우리 부모에게 했을 것이다. 아무도 아무것에도 책임이 없을 영원한 연속이다. 나는 지금 여기에 있는 이유를 정확히 깨달을 수 없을지라도, 적어도 내 개인적인 결심에 따른 반응이라는 것은 안다. 그건 지금 내 안에 있는 것이요, 내가 심혈을 기울여 지켜가야 하는 무엇이다. 이쯤 되면 무엇이 영향을 미쳤든 거의 상관없으며, 누구를 탓하는 것도 소용없다.

빌카밤바에서 노인은 크게 두 부류로 나뉜다. 장수인과 백세인으로 나뉘는 것이다. 장수인은 아흔 살이 넘은 사람이고, 백세인은 백 살이 넘은 사람이다. 나는 4인승 픽업트럭을 타고 고지대에 사는 어느 백세인의 농장으로 간다. 나는 끽소리도 할 수 없는데 운전사가 다른 누구도 아닌 레닌Lenin이기 때문이다.

"레닌 씨죠? 아버님이 공산당원이셨나 보네요?"

"아니요. 백스물여섯 살까지 사셨던 할아버지께서 붙여주신 이름입니다."

"그럼 할아버님이 공산당원이셨나요?"

"아니요, 할아버지도 그런 건 아니셨어요. 공산주의라는 게 뭔지도 모르셨죠. 누군가가 레닌이라고 말하는 걸 듣고는 듣기 좋은 이름이다 싶어서, 아버지더러 저한테 그 이름을 붙여주라고 하셨던 거랍니다."

항상 똑같은 질문을 받는 데 질려버린 사람의 대답이다.

빅토르 카르피오Victor Carpio도 함께 있었던 터라 나는 참 운이 좋다고 생각했다. 나는 3인조의 한 축을 이루는 셈인데, 3은 한 팀으로서 순조롭게 굴러가기에 아주 훌륭한 수다.

빅토르는 마을의 기억장치와도 같다. 그는 일본인들과도, 미국인들과도 일했다. 텔레비전 방송국 사람들하고도, 과학자들하고도 일했다. 그는 어디에 노인들이 있는지 잘 알며, 빌카밤바에서 꼭 필요한 연락책이자 믿을 만한 정보가 마르지 않는 샘과 같은 이다.

우리는 차에서 내린다. 차문 옆에 서서 손뼉을 쳐서 인기척을 한다. 백열두 살인 빌카밤바 주민 호세 메디나José Medina의 집 앞이다.

"아무도 대답을 안 하네요."

"메디나 씨가 가는귀가 좀 먹었거든요, 그래도 귀가 밝은 여동생이 있어요."

"여동생분은 몇 살이시죠?"

"백네 살이세요."

집 안에서 아무런 대답이 없어, 우리는 호세 메디나의 여동
생이 뭔가를 사러 외출했을 거라고 생각한다. 우리는 대문을 지
나 안마당으로 들어간다. 허름한 시골집이다. 안으로 더 깊숙이
들어가니 메디나 집안 사람들이 스스로 먹으려고 손수 일구는
텃밭이 보인다. 상추, 옥수수, 강낭콩이 자란다. 아무런 인기척
이 없다. 언덕 뒤쪽으로 가본 레닌이 거기서 우리를 부른다.

호세 메디나가 곡괭이질을 하며 밭일을 하고 있다. 슬쩍 우
리를 쳐다보더니만, 우리가 왔다 하더라도 그게 자신이 일을 멈
춰야 할 이유는 아니라는 듯 이내 고개를 숙이고 곡괭이질을 계
속한다. 빅토르는 내게 호세 메디나가 하는 행동을 눈여겨보라
고 한다. 나는 주의 깊게 관찰한다. 그는 좋은 풀과 나쁜 풀을 분
리한다. 시력이 좋아서 단번에 정확히 솎아낼 줄 알아야 하는 일
이다. 백열두 살 나이에도 그 일을 하는 데 아무런 문제가 없다.
안경조차 필요 없다. 빌카밤바의 농부들은 대부분 양복바지에
흰 셔츠를 입는데 그도 그런 차림새를 하고 있다. 반면에 나는
방문객이면서도 방수 처리가 된 카고 바지에 기능성 '드라이 핏
dry fit' 아웃도어 셔츠를 입고 있다.

나는 호세 메디나에게 이야기를 좀 나누고 싶으니 잠시 시
간을 내어 자리에 앉아줄 수 있겠느냐고 물어본다. 그는 곡괭이
자루에 몸의 무게를 몽땅 실은 채로 잠깐 멈춰 선다. 빅토르가
말하기로는 두 주 전에 메디나 씨를 알고 싶어 하는 캐나다 사람
들을 데려왔고, 지난달에는 홍콩의 텔레비전 방송에서 나온 사

🪴 호세 메디나

람들이 메디나 씨를 인터뷰하고 싶다기에 데려온 적도 있다.

　"아무래도 여기저기서 하도 귀찮게 찾아오니 피곤해서 대답을 안 하시나 보네요. 제가 스페인어로 말하긴 해도 메디나 씨에게 저는 어차피 외국인이니까요."

　"아니 그게 아니라 박사님 말이 잘 안 들려서 대답을 안 하시는 거예요. 조금만 더 큰 소리로 얘기해보세요."

　나는 메디나 씨가 일하는 모습을 보면서 너무 놀란 나머지 그가 노인이라는 사실을 깜박 잊고 있었다. 한창때의 농부로서 부럽기 그지없는 정확한 시력을 가졌으며 현역으로 활동 중이고 백열두 살 나이에도 능히 산꼭대기에 오르는 노인을 만난다는 생각은 내게 어떤 고정관념을 심어주었다. 그 노인들에게는 최소한의 결점도 최소한의 약점도, 그리고 분명히 어떤 난청도 용납되지 않으리라는 고정관념 말이다.

호세 메디나는 자리에 앉기로 한다. 모자 아래로 삐져나온, 여전히 검은 머리카락이 눈에 띄었다. 머리카락은 이마 중간쯤에 올 정도 길이다. 나는 그가 멋을 부리려고 턱수염을 짤막하게 기른 건지, 아니면 단순히 그의 턱수염이 그런 식으로 자라는 건지 확인해보고 싶다. 내가 그에게 바짝 다가가 유심히 살펴보기까지는 시간이 좀 걸렸는데, 나는 그 노인만큼 시력이 좋지 않기 때문이다. 내가 말할 수 있는 유일한 것은 새치가 아주 적은 턱수염이라는 점이다.

"간밤에 어찌나 땅이 흔들리던지요! 그렇지 않았나요, 호세 어르신?"

나는 지진이 대형 참사일 뿐 아니라 사교적인 대화를 유도하는 좋은 소재라고 여긴다.

"그러게나, 어찌나 진동하던지."

"온갖 것들이 죄다 요동쳤죠."

"그랬지." 그가 대답한다. "요동쳤지."

나는 노인이 대화 주제에 흥미를 느끼게 하는 데 실패하고, 다음 순간을 기약하며 일단 그를 내버려두기로 한다.

빅토르가 대화의 흐름을 바꾸면서 노인들에게 하면 딱 안성맞춤인 질문을 한다. 그는 "어떻게 지내세요?"라고 말하지 않고, 기분이 어떠냐고 묻는다.

"좋소, 담배를 피울 때 조금 어지럽지만 말이지."

"메디나 씨는 어떤 담배를 피우시죠?"

나는 빅토르에게 묻는다.

주술사들이 예로부터 사용해온 풀인 '차미코Chamico'를 피우는 거라는 대답이 돌아온다. 지금은 마을 사람들이 일상적으로 피운다고도 한다.

'차미코'는 빌카밤바의 백세인들이 피우는 풀이다. 차미코를 피울 때 처음 나타나는 효과는 마리화나를 피울 때의 효과와 비교된다. 몇 입 피우고 나면 그다음에는 코카 잎의 효과가 더해진다. 환각, 환상적 상상, 기억 상실, 흥분, 그리고 분노를 일으킨다. 게다가 성욕을 강하게 자극하기도 한다. 유감인 것은 차미코가 매우 독성이 강한 식물이라는 점이다. 종합하자면, 호세 메디나는 내가 골짜기에서 만난 첫 번째 백세인인데 마약을 상용한다는 것이다. 게다가 다시 곰곰이 생각해보면, 그는 평생토록 마약을 상용해온 셈이다. 마치 그것만으로는 충분하지 않다는 듯, 그는 차미코 말고도 상업적으로 거래되는 담배도 즐겨 피운다. 보통 시중에 유통되는 담배 말이다. 거의 피우지 않는다고 해도 피우긴 피운다. 항상 피워왔다. 최근 들어 다소 어지럼증이 나지만, 어지러운 증세가 그 나쁜 습관을 포기할 정도는 아니다.

"내가 더 젊었을 때, 그러니까 일흔 살 때쯤에는 지금보다 훨씬 더 많이 피웠지."

"술은요? 술 드시는 것도 좋아하셨어요?"

"지금은 아니야. 백여섯 살 때부터 마시지 않았어. 가끔 옛날에 마시던 버릇대로 '푸로Puro'를 마시긴 하지. 그래도 하루에 한 번밖에는 안 마셔."

　다행히도 내 곁에는 부연 설명을 해줄 레닌이 있다. 어떤 주제에 관해 조언을 구할 수 있다는 건 정말 호사스러운 일이다.

　'푸로'는 럼과 아주 비슷한 증류주다. 증류기의 가장 마지막에 남는 것이 그 술이 된다. 사탕수수 찌꺼기로 제조되는 아주 독한 술이다. 높은 알코올 도수를 자랑하기 때문에 그걸 마시는 사람의 간을 인정사정 봐주지 않는 술이기도 하다.

　호세 메디나의 이야기를 듣는 사이에, 나는 빌카밤바에 수많은 백세인이 있는 까닭을 해명하려 한 여러 가지 주장과 설명을 떠올린다. 자연 환경, 유기농 영양 섭취, 청정한 공기, 오염되지 않은 물. 빌카밤바 골짜기에서 대자연은 인간의 해로운 손아귀로부터, 인간의 파괴적인 힘으로부터 자유롭다. 그래서 자기 자손들에게 좋은 건강과 40년의 '보너스' 인생을 상으로 준다. 바르게 행동하고, 도덕과 좋은 습관을 지키는 테두리 안에서 삶을 유지했기 때문에 주는 일종의 보상이라는 것이다.

　그러나 건강과 건강한 삶을 대표하는 사람들은 빌카밤바에 대해 빤한 거짓말을 하는 것이다. 사실 이 산골에서 알코올, 담배, 마약을 소비한다는 것은 아무런 비밀이 아닌데도 말이다. 이곳에서 고령자들은 알코올 도수가 높은 술을 마시고, 담배는 여느 곳과 마찬가지로 아무런 제약 없이 판매된다. 차미코는 너무나 중독성이 강한 마약이라, 중독자들이 다른 중독자들에게 차미코보다는 차라리 마리화나나 코카인을 쓰라고 추천할 지경이다. 차미코에 비하면 마리화나와 코카인이 덜 해롭다.

　어쨌든 '순수의 체계'는 유지된다. 무슨 일이 있더라도 말이다. 빌카밤바인들이 좋지 못한 생활습관 하나 없이 살아온 사람들보다 훨씬 더 오랫동안 더 나은 상태로 삶을 지속한다는 것은 미덕의 연인들에게 견디기 힘든 결과다. 그들 눈에는 부당한 것으로 보이기 때문이다.

'건강한 삶'의 광신도들은 절망한다. 이런 정보가 자신들의 생각과 맞아떨어지지 않기 때문이다. 그들은 생각의 방향을 잃는데, 이곳에 도착하면 있는 그대로 정직한 모습으로 폭로되는 산골의 실상이 그들을 무장 해제시키기 때문이다. 그래서 그들은 빌카밤바에 대해 이야기할 때 술, 담배, 마약에 관한 이야기는 카펫 밑으로 숨겨버린다.

오랜 세월 동안 우리가 자연의 먹을거리로 영양분을 섭취하고, 햇빛에 직접 노출되는 것을 피하며, 나쁜 습관들을 버리고, 운동을 하고, 일찍 자고, 명상하며 지내다가 어느 날 우연히 담배를 피우고 술을 마시는 건강한 백세인 무리와 한자리에 합석하게 되었을 때, 울고불고하며 바닥에 나뒹굴어서는 안 된다. 그러면 안 된다. 그 상황을 침착하게 받아들이고, 빌카밤바에는 다른 환경이 존재한다는 것을 이해해야만 한다. 빌카밤바인들의 기호와 나쁜 습관을 최초로 언급한 사람이 백열두 살인 호세 메디나다.

나는 환경을 보존하는 것을 반대하지 않는다. 그렇다고 해서 이 지구상에서 무엇이든 좋은 결과를 얻어내는 데 가장 중요한 것이 생태 환경이라고 생각하지도 않는다. 빌카밤바는 잘 보존된 환경을 갖추고 있지만, 그렇다고 빌카밤바가 지구상에서 유일무이하게 환경을 잘 보존하고 있는 장소라고 말할 수는 없다. 이것은 오염을 확인하는 것으로 결론지어지지 않는다. 담배 재배, 술과 마약의 판매로도 그렇게 안 된다. 그것이 아니다. 의학은 경이로운 치유자로 기능하지만, 반면 경찰과 같은 기질이 있어서 통제하는 데 너무 많은 신경을 쓴다.

의학은 과학이 아니다. 과학은 생물학이나 화학이다. 의학은 일종의 기술이다. 치료하기 위한 기술이다.

의사들은, 에콰도르의 어느 산골에 사는 사람들이 담배를 피우고, 마약 성분을 복용하며, 술을 마시면서도 건강하게 오래 산다는 사실을 알게 되었을 때, 그 사실을 감추고 싶어 하는 건 좋은 버릇이 아니라는 점을 깨달았어야만 했다. 나쁜 습관에 젖은 사람들, 애주가들, 흡연자들에게 계속 그렇게 하다간 죽을 거라고 예언하는 식으로 천편일률적인 주장을 하지만 빌카밤바에서는 그런 걸 걱정할 이유가 없으므로, 그것은 곧 과학에 대한 마음의 승리다. 과학은 스스로에게 질문을 던져야 했다. 지금 무슨 일이 일어나고 있는가? 이 골짜기 밖에서는 그런 예방 조치가 아주 적합하지만, 어째서 이 지역 사람들에게는 적합하지 않은 것인가? 무슨 차이인가?

알코올, 니코틴, 마약이 해로운 것은 틀림없는 사실이지만, 그렇다는 것은 해롭다는 결과 그 이상 아니다. 병이라는 것이 금지된 행동을 저질렀기에 받아 마땅한 벌이라고 생각하는 것은 또 다른 문제다.

호세 씨는 자연에서 잘못 양육된 아들임이 분명하다. 모든 것이 그에게 허용되고, 아무도 뭐라 하지 않는다. 그에게는 그랬다. 그는 백열두 살이고, 검은 머리카락, 정확한 시력, 그리고 일할 수 있는 능력이 있다. 하지만 사실을 말하자면, 모든 소리를 다 잘 듣지는 못한다. 결국 그는 자신이 저지른 과잉 행동에 상응하는 죗값을 치러, 가는귀가 조금 먼 채로 지내게 되었다.

　나는 호세 메디나에게 인사하고 그 자리를 뜬다. 지진이 났을 때 그가 어땠는지는 알 수 없었다.

.14

삶은 건강과 양립할 수 없다. 물을 마시고, 건강식을 섭취하며, 운동하는 걸 상당히 의식하며 살 때 그런 사실을 깨닫기 쉽다. 만일 우리가 의사들의 모든 충고를 완벽하게 따른다면, 우리한테는 시간이 전혀 남지 않을 것이다. 전문가들의 조언을 따르고, 예방 차원에서 정기 검진을 받으며 유방 방사선 촬영, 질경 검사, 전립선 검사, 폐 방사선 촬영, 신장 초음파 검사, 심전도 검사, 결장경 검사, 내시경 검사, 시력 검사, 혈액 검사, 스트레스 테스트, 골밀도 검사, 그 밖의 혈액 검사를 하고, 치과 의사, 운동요법사, 영양사와 상담을 하고 나면 일주일의 절반은 지나버릴 것이다. 이 모든 것이 예방 이상은 아니다. 우리는 병에 걸리면 곧 곤란한 상황에 처한다. 그래서 우리는 확률을 계산하여 수도 없이 순서를 정하고 또 정해야 할 것이다. 그러니 우리는 선택을 해야만 한다. 우리가 유기체일 뿐 아니라 인간이라면, 그리고 병원 대기실이 우리의 두 번째 집이 되는 걸 원치 않는다면, 우리는 정신 줄을 놓지 말고 스스로를 돌봐야 한다.

오래 사는 법에 관한 조언은 잊기 어렵다. 건강에 관해 두

루두루 많이 아는 것이 내 기분을 나아지게 하지는 않지만, 적어도 죽음에 대한 두려움에는 계속 신경을 쓰게 한다. 전에는 우리 삶에서 어떤 값을 치르고서라도 인생을 즐기겠노라, 혹은 어떤 값을 치르고서라도 뭔가를 성취하겠노라 하는 결심이 차지했던 자리를, 오늘날에는 어떤 값을 치르고서라도 삶을 연장하려는 노력이 차지하고 있다.

만일 삶이 지향하는 깃발이 언제나 건강을 조심하는 것이었더라면, 만일 건강한 삶을 영위하는 것만이 온당하기 그지없는 일이었더라면, 인류는 역사를 가질 수도 없었을 것이며, 가졌다 하더라도 아무 일도 일어나지 않은 역사이고 말았을 것이다.

15

"여기 아래쪽으로 가면 되겠어요."

길을 찾아낸 이는 레닌이다. 레닌 뒤를 빅토르가 따라간다. 나는 짐을 죄다 짊어지고 맨 뒤에서 걸어간다. 우리는 산길을 내려가서 참바 강가에 다다른다. 사탕수수를 경작하는 사유지다. 마누엘 피코이타Manuel Picoita의 모습이 보이지는 않았지만, 마체테*로 사탕수수의 초록색 몸통을 툭툭 쳐내는 소리가 들린다. 그 소리를 따라 우리는 농장 안으로 들어간다. 마누엘은 다리를 구부리고 몸을 웅크리고 앉아 마체테로 툭툭 쳐서 잡초를 찍어내고 있다. 나는 레닌과 빅토르에게 잠깐만 기다려달라고 한다. 팔의 움직임이 보통 노인의 힘과 저항력에서 나오는 것이라고 할 수 없는 수준이다. 열 번에서 열두 번을 쉼 없이 툭툭 쳐낸다. 칼을 어깨 높이까지 잔뜩 치켜든 다음, 그 칼이 목표물에 정확히 도달할 때까지 전속력으로 내리치고, 곧 잠깐 멈춰서 자기가 솎아낸 잡초를 쳐다본 뒤, 이내 다시 일을 시작한다.

★   열대 지역에서 사탕수수를 베거나 풀을 쳐내는 데 쓰는, 날이 넓적한 칼.

마누엘 피코이타

빅토르가 부르는 소리에 마누엘 피코이타가 돌아보고는 야구 모자를 벗어 공중에 대고 휘휘 흔든다. 뭔가 크게 환대하는 것 같다. 마누엘은 기분이 좋은데, 지구상의 노인 대부분이 그렇듯, 마누엘도 누군가가 자신을 찾아오는 것이 기쁘기 때문이다. 짙은 색 양복바지에 흰색 긴 소매 셔츠를 입고 있다. 옷을 잘 갖춰 입어서라기보다, 밭일을 하는 데 그런 윗옷과 아래옷을 골라 입었다는 점이 이채롭다. 나는 피코이타에게 이야기를 좀 나눌 수 있는지, 그리고 나한테 아무 문제 없이 대답해줄 수 있을지 묻는다.

"집으로 가십시다."

이렇게 말하고 피코이타는 산길을 따라 올라가기 시작한다.

마누엘 피코이타는 마치 평지를 걸어가는 것처럼 매우 재빠르게 움직였다. 나는 그에게 강가를 배경으로 사진을 한 장 찍고 싶으니 잠깐만 걸음을 멈춰달라고 부탁한다. 사진을 찍으러 나중에 다시 강가로 내려오고 싶지 않기 때문에, 아직 본격적인 취재를 시작하기 전이지만 그의 사진을 미리 찍어두고 싶다. 피코이타는 민첩한 사내다. 거의 지치지 않는 게 분명하다. 나는 다르다. 나는 빌카밤바에서 태어나지 않았다.

마누엘은 강기슭으로 내려가서 카메라를 보며 어색한 듯 굳은 표정을 짓는다. 그는 앞으로 더 살아갈 40년 세월을 싣고 흘러오는 듯한 강에서 엎어지면 코 닿을 자리에 서 있다.

"좀 웃어보세요, 마누엘 어르신."

"이제 마체테를 높이 치켜들어 보세요."

"사탕수수를 베고 있는 것처럼요."

나는 카메라 셔터가 잘 눌린 것을 확인했다. 그리고 우리 모두 가던 길을 다시 걸어가기 시작한다.

"간밤에 어찌나 땅이 흔들리던지요! 그렇지 않았나요, 마누엘 어르신?"

"맞소, 흔들렸지."

나는 빌카밤바 주민들과 어떤 이야기든 친밀하게 나누고 싶어서 급기야 내가 꺼낼 수 있는 최후의 보루인 지진 이야기까지 꺼내보았지만, 지진 이야기는 별다른 진전을 보이지 않고 끝나버리고 말았다.

"마누엘 어르신, 연세가 어떻게 되세요?"

"백 살이라오."

그의 증손녀가 가까이 오더니 제 증조할아버지더러 사실대로 말하라고 한다. 나보고는 그가 실제 나이보다 몇 년 깎아서 말하는 버릇이 있다고 얘기해준다.

"백네 살이라오."

"사실대로 말씀하시라니까요."

마누엘 피코이타는 자신이 백네 살이라고 주장하며 눈썹 하나 꿈쩍하지 않으니, 그가 사실대로 나이를 고백하도록 할 방도가 없다. 그는 자식 열 명을 낳았고, 자식 수의 세 배에 해당하는 손자가 있으며, 증손자와 고손자의 수는 손으로 꼽아 세기 어려울 정도다.

마누엘은 춤추러 가는 걸 좋아한다. 내일 파티가 있는데 자정까지만 파티장에 머물러 있을 것이다. 새벽까지 즐기기가 이제는 힘에 부친다. 최근에 허리 때문에 조금 애를 먹고 있다.

아내를 저세상으로 먼저 떠나보내고 혼자가 된 지 얼마 지나지 않았는데, 죽은 아내가 그립다고 한다. 특히 아내의 훌륭한 요리 솜씨가 그립다고 한다. 마누엘과 그의 아내는 한창나이에 만났다. 마누엘이 즐겨 가던 어느 사교 클럽에서 눈이 맞았다. 그 밤에 마누엘은 친구들과 어울려 푸로를 마시면서 한 아가씨에게 춤을 청했고, 그다음엔 또 다른 아가씨에게 춤을 청했다. 하지만 파티가 본격적으로 시작되기도 전에 반주자들 사이에서 뭔가 문제가 생겼다. 악단의 연주가 시작되었지만 연주가들이 서로 일절 눈도 마주치지 않았다. 함께 여행을 떠났지만 각자 서로 다른 길을 가는 양, 길을 잃은 듯 보였다. 하지만 곡에서 곡으로 넘어가는 사이 삐거덕대던 연주가 다시 정확해지긴 했다. 어쨌든 연주가들이 서로 싸우느라, 또 청중의 호응이 부족한 것을 서로 탓하느라 파티는 엉망으로 실패하고 있었고, 마누엘은 자신이 맘껏 춤을 출 수 없다면, 차라리 자신의 또 다른 열정 곧 먹는 열정을 불태워보리라 결심했다.

자그마한 키에 사람 좋은 얼굴을 한 마누엘 피코이타는 늘 상냥한 사람이었다. 틈만 나면 농담을 던졌고, 우두커니 가만 앉아 기다리기를 싫어하는 탓에 홀에서 주방까지 줄곧 들락날락거렸다. 자신의 아내가 될 여자가 파티장의 주방에서 보카디요 Bocadillo* 만드는 일을 하고 있다면, 본인 혼자 홀에서 같이 춤추자는 청을 거절해가며 멀거니 앉아 있을 게 아니라 파티에 온 목적을 달성해야 할 것이다. 마누엘은 주방으로 들어갔고, 여자를

★   스페인과 라틴아메리카에서 즐겨 먹는, 바게트로 만든 샌드위치.

🌱 마누엘 피코이타의 집

향해 곧장 걸어갔다. 주방 아가씨는 마누엘의 손에 뭔가를 쥐여 줬고, 마누엘은 그걸 입에 가져갔다. 그건 일종의 의식을 거행하는 방법이었는데, 그 뒤로 거의 80년 동안 날마다 반복되는 일상이 되었다.

마누엘은 집 문간에 놓인 나무 벤치에 앉아서 모자를 고쳐 쓴다. 내가 그에게 하루 종일 무얼 하며 보내는지 질문하자, 이제 일은 그만두었다고 한다.

"저희가 왔을 때 산에 계셨잖아요, 한 손에는 마체테를 들고, 그야말로 일하시면서요."

마누엘은 일이란 남들을 위해 일하는 것이라고 생각한다. 본인의 농장을 돌보는 것 말고 하루의 노동으로 돈을 버는 일 말이다. 지금은 한 가지 활동만 한다. 그 활동을 하려고, 아침 6시에 일어나서 오후까지 가만있지 못하고 줄곧 몸을 움직인다.

"6시에 일어나신다고요? 최근에야 그것도 집에서 나오는 시간이 6시랍니다."

마누엘의 고손녀가 말한다.

"작년까지는 할아버지가 밖으로 못 나오시게 현관문을 잠가놓아야 했어요. 새벽 3시면 저희 집으로 오셔서 저를 깨워서는 커피를 준비해달라고 하셨거든요. 저를 못 자게 하면서 할아버지는 그저 일찌감치 산에 올라가려고만 하셨죠."

"커피를 많이 드세요?"

"날마다요."

"그리고 또 뭘 드시죠?"

"채소, 생선, 과일이요. 과일을 많이 드시죠."

고조할아버지를 끔찍이 아끼는 고손녀의 마음이 엿보인다. 그녀는 할아버지가 무슨 일을 하는지 다 알고, 무슨 음식을 좋아하는지도, 하루를 보내려면 필요한 게 무엇인지도 훤히 꿰뚫고 있다. 매 순간 할아버지의 머리를 어루만진다. 그런데, 나는 우리 모두가 그 노인을 마스코트처럼 보고 있는 게 아닌가 하는 인상을 받았다. 최고로 훌륭한 창조물로 말이다. 그는 사랑스럽고, 귀여우며, 재주도 좋다. 100세 노인들한테서 진가를 인정받은 빅토르도 비디오카메라가 돌기 시작하자, 앞서 만난 호세 씨와 뒤이어 만난 마누엘 씨에게 시를 암송하라거나 노래를 불러보라고 시켰다.

고손녀는 고조할아버지인 마누엘의 장수를 설명하는 나름의 이론을 가지고 있다. 손녀는 고조할아버지가 장수하는 것은 결과적으로 음식 때문이라고 생각한다. 먹는 음식은 전부 자연식이다. 집에서 무농약으로 직접 재배한 것이다. 피코이타 집안의 부엌에서는 얇고 납작한 흰 접시에 온 가족을 위해 당분, 지방질, 단백질은 물론, 앞으로도 이어질 스무 해, 서른 해, 마흔해의 삶도 담아낸다. 고손녀는 자랑스러워하고, 마누엘은 고손녀를 신뢰한다. 이러한 생각은 비단 이 가족만의 주장은 아니다. 음식문화 관련 단체나 조직, 자연주의자와 장수 건강식을 주장하는 사람들도 이런 의견을 지지한다. 유감스럽게도 채식주의자들은 추방되는데, 마누엘 씨와 호세 씨는 소고기를 먹기 때문이다. 사실대로 말하면 자연주의자와 장수 건강식도 버티기 힘든데, 호세 메디나도 마누엘 피코이타도 차미코를 피우고 푸로를 마시기 때문이다. 말한 김에 조금 더 덧붙이자면, 국제심장학회도 국제고혈압협회도 이 부분에는 끼어들 여지가 없다. 소금을 상당량 첨가하지 않은 음식이 없다. 다행히도 유기농 채소가 있다. 농약이나 화학 비료를 쓰지 않고 길러낸 먹을거리들 말이다. 문제는, 들이든 산이든 무수히 많은 다른 지역에서도 똑같은 것을 똑같은 방식으로 먹는데 사람들이 오래 살지 못한다는 점이다. 심지어 더 적게 살다 간다. 그런 점은 청정함만으로 장수할 수 있는 것이 아니라는 사실을 명확하게 밝혀준다. 그렇지만 유기농 식품은 영양 섭취에 대한 강박 관념에 부합하기 때문에, 그 강박을 지지하는 모든 것이 진리인 양 쉽게 받아들여지고 인정된다.

나는 피코이타 씨 곁에 앉는다. 그리고 그에게 마지막으로 사진을 한 장 더 찍고 싶으니 모자를 좀 벗어달라고 부탁한다.

"오늘 할아버지 머리를 좀 잘라드렸어요." 고손녀가 말한다. "이쪽으로 전부 새치였어요. 그런데 한번 보세요, 다시 검은 머리가 난 거 있죠."

.16

나는 레닌에게 차를 세워달라고 한다. 우리는 빌카밤바의 중심 도로인 '영원한 젊음의 대로'에 막 진입한 참이다.

"저는 여기 내려서 걸어갈게요. 내일 봅시다."

레닌도 내게 인사를 남기고 곧 떠난다.

나는 결정해야 한다. 어젯밤에는 욕실로 발을 들여놓는 순간 전갈과 마주쳤다. 전갈을 발견하기 무섭게 일단 얼음이 되었다가 곧 현관문 문지방으로 부리나케 뛰어가서 섰다. 나는 생각했다. 방 안에 있는 전갈, 동물적 본능, 다시 임박해 오는 위험, 지진 재발. 나는 두 팔을 양 옆으로 뻗어 문틀 양쪽을 단단히 짚고서 세상이 무너질 것을 대비했다. 그러고 나서 깨달았다. 방에서 나가버린다면 천장이든 뭐든 내 몸 위로 와르르 내려앉는 일은 없을 텐데. 청명하고 낭만적인 밤하늘과 그 밤하늘을 수놓으며 영원히 빛나고 있는 수많은 별들이 나를 뒤덮을 뿐. 그래서 나는 밖으로 튀어나왔다. 하지만 쓸데없는 짓이었다. 땅은 내내 꿈쩍도 하지 않았으니까.

내 방 욕실에 전갈이 있었고, 그냥 그게 다였다. 나는 동물

영원한 젊음의 대로

의 본능에 관해선 아무런 지식이 없다.

나는 방으로 돌아와 문을 닫고, 집에서 챙겨 온 휴대용 라디오의 소리를 최대 크기로 높인 다음, 해야 할 일을 했다. 그리고 특별한 사건 사고 없이 곧장 잠이 들었다.

이튿날 아침 예전에 눈여겨봤던 어느 케이블 방송 프로그램을 떠올리며 잠에서 깼다. 마드레 티에라에 텔레비전이 없어도 나는 참을 수 있었다. 방송 프로그램은 우리를 달랑 리모컨 하나 들고서 채널들 사이를 유영하기만 하는 생물학자로 만든다. 어떤 프로그램에서 방송 내내 전갈의 습성을 다루었던 날, 기억에 남은 인상적인 정보가 하나 있었다. 독이 있는 녀석들은 충실한 일부일처주의자들이라는 것, 그리고 수컷 전갈이 가는 곳에는 암컷 전갈이 늘 함께 간다는 것이었다. 그것은 내가 질겁할 일 없이 잠을 잤다고 하더라도, 내 방 안에는 지난밤 내 탓으로 호적 상황이 바뀌어버린, 발이 넷 달린 홀아비나 과부 전갈이 있었다는 의미다.

나는 대로를 놔두고 옆길로 진입한다. 한 블록 앞에 '마드레 광장Plaza de la Madre'이 있다. 광장 한쪽 모퉁이에는 '엘 푼토티 Punto'라는 술집이 있다. 내가 가려고 마음먹은 곳이다. 그 술집 바로 옆으로 마을에 사는 '히피'들 셋이서 좌판에 수공예품을 늘어놓고 있다. 왼쪽으로 난 좁은 골목길에는 오후의 찌는 듯한 무더위에 일을 개시하려고 준비 중인 마을의 주술사가 앉아 있다. 광장 건너 정면에는, 식민지 시대 양식으로 건축된 빌카밤바 교회가 있다.

나는 히피든 주술사든 교회든 관심이 없다. 내가 관심 있는 것은 광장 모퉁이를 돌자마자 나오는 바로 거기다. 더 정확하게 말하자면, 빌카밤바 약국의 오른쪽 세 번째 선반에 있는 것이다. 거기에는 벌레 퇴치약 스프레이가 단 한 종류 진열되어 있다. '픽스'라는 살충제다.

나를 이끈 물건은 색색의 원색을 칠한 원통 실린더에 연두색 뚜껑이 달려 있는 것이다. 날아다니거나 기어 다니는 녀석들을 처리할 최종 해결책으로 마련된, 피레트로이드 성분으로 만들어진 스프레이 살충제다. '픽스'는 내가 평화롭게 밤을 보내도록 도와줄 것이다. 나는 휴식을 잘 취하면서 골짜기가 간직한 비밀을 풀어나갈 수 있을 것이다. 어쩌면 무엇이 삶을 그렇게 지속시켜주는지 밝혀낼 수도 있을 것이다. 어떻게 해서 40년을 더 살수 있는지, 그리고 그 주제 곁을 맴돌고 있는 환상은 무엇인지 알게 되는 거다. 하지만 '픽스'는 대자연의 균형을 깨는 인공적 파괴자로서 합성 물질이고 반생태적 물품이다. 게다가 보통 스프레이가 다 그렇듯 오존층 파괴의 직접적 주범인 가스의 힘으로 뿜어져 나온다.

나는 나 자신이 자랑스럽다. 이런 의문은 정말 수준 있는 의문이다. 인간의 연구 대 생태계. 이런 걸 의문시하는 것은, 내가 입은 바지에 어떤 셔츠를 입어야 어울리나 하고 머뭇거리는 것보다 훨씬 더 흥미롭다. 한결 더 수준 높다. 솔직히 옷을 잘 맞춰 입는 건 내가 결코 풀 수 없는 어려운 문제이기 때문에 인간과 생태계에 의문을 품는 쪽에 더 끌리는 것이 사실이라 하더라도 말이다.

17

"귀찮게 해서 죄송한데요, 의사 선생님께서 통화하고 싶어 하세요."

내 휴대전화로 우리 부모님을 돌보는 간병인이 전화를 걸어 왔다.

응급의가 자기소개를 하고는 아버지가 혈압이 너무 낮은 상태이며 단순한 질문에도 대답하지 않는다고 말한다.

"통증 자극에만 반응하세요."

제 동료에게나 사용할 법한 용어로 말한다. 아버지는 의식이 없는 상태인데, 증세를 더 면밀히 분석하려고 고통을 느끼게 하는 통증자극 진단법을 썼다고 했다. 의사는 교과서대로 했는데, 나 역시 집중치료 병동에서 환자들에게 그렇게 했다. 환자들이 어떻게 반응하는지 보기 위해 가벼운 통증 자극을 가한다. 프로토콜대로 반응이 보이면 코마 상태가 그리 심각하지 않다는 결론을 내릴 수 있다. 그나마 다행인 것이다.

우리 아버지는 지난번 입원했을 때, 그전 세 차례 입원했을 때보다 훨씬 더 전향적이고 나은 차도를 보이며 즉시 의식을 회

복했다. 통증 자극을 해보는 사이에 아버지가 코마 상태에서 빠져나와 두 눈을 번쩍 뜨고는 레지던트의 얼굴을 한 대 갈겼다. 바로 그날 우리 아버지에게 처음 만나서 반갑다고 인사를 건넸던 젊은 의사였다. 그 의사는 우리 아버지한테 한 대 맞으면서 히포크라테스 선서가 무엇을 말하는지 조금이나마 이해하게 되었다. 솔직히 나는 아버지가 이번에도 응급의에게 지난번과 똑같은 일을 저지르지 않았다고 확신하지 못하겠다. 그러나 의사가 나한테 아무 말도 하지 않는다면, 내가 구태여 물어보지는 않을 것이다.

"집에 계시게 할까요, 아니면 요양병원으로 옮길까요?"

다시 원론적인 질문이다. 내가 대꾸를 하기도 전에 의사는 우리 아버지가 여든여섯의 노인이며 매우 쇠약하다는 말을 덧붙인다. 마치 내가 아무것도 모르는 사람인 양 말하는 우리 의사 동료들에게는 매번 인내심의 한계를 느낀다.

결국 응급의가 내게 묻는 것은 아버지가 죽도록 내버려두고 싶은지 여부다. 이렇게 단순한 질문이다. 여든여섯 나이에 침대에 누워 인공신장 투석기에 의존하여 아주 약한 심장으로 계속 연명하는 것은 큰 의미가 없는 일이다. 내가 동의한다면, 의사는 아버지를 그냥 집에 있게 하고, 진통제만 처방할 것이다.

의사는 환자와 그 주변인들을 위해 최선의 것을 조언한다. 전문가의 의견이다. 이제 끝을 내야 할 순간이고, 지탱할 수 없는 상태를 이제 그만두라고 말해야 할 순간이며, 분별력을 되찾아야 하는 순간이라는 것을 잘 아는 사람이다. 하지만 분별력을 되찾는다는 것은 나한테 오늘, 지금, 이 순간, 내가 아버지의 삶을 끝내기를 원하는지 결정하는 문제가 되고 만다. 생각해본다. 모든 자식들이 그렇게 많은 기회를 갖는 것은 아니다. 우는 소리 없이 정의 따위는 제쳐두고 의학적 윤리에 동조하는 관대한 행위일 수 있다. 공식적인 윤리가 아니라 날마다 열심히 직업 활동을 하는 사람들과 열성적 종교인이 아닌 그저 보통 사람들 사이에 존재하는 윤리다. 공개적으로 말하지 않고 조용히 의사들은 환자의 한계와 권리, 그리고 검사와 고통과 생명을 두고 우선순위를 정한다. 이는 자신들의 공식 윤리학과는 다른 윤리학이며, 늘 그런 것은 아니지만 일반적으로는 첫째로 진단, 둘째로 환자의 안녕, 그리고 결국은 법률에 따르는 윤리학이다.

"아버지를 입원시키는 게 좋겠어요."

"네, 알겠습니다. 구급차를 부르겠습니다."

이것이 내가 아버지의 목숨을 두고 다섯 번째인가 여섯 번째로 내린 결정이다. 내가 맨 처음 결정을 내려야 했을 때는 신장병 전문의가 앞으로 아버지의 병세가 어떻게 진전될지 설명한 다음, 계속 치료를 해도 되겠는지 내게 물었을 때였다. 투석을 받기 시작했을 때 이미 아버지의 나이는 투석을 위해 입원하기에는 너무 많았다.

아직도 나는 그때를 기억한다. 아버지는 대기실에 30분 일찍 도착했다. 여느 공공병원처럼 화장실 시설이 완비된 대기실이었다. 당시 내륙의 한 마을에서 간호사로 근무한 적 있는, 스물네댓 살이 넘지 않은 아주 젊은 여자가 아버지를 간병했다. 아버지는 겨우 발을 떼는 정도였고, 여자는 아버지의 팔을 지탱해 부축했다.

"아버지, 잘 지내셨죠?"

"잘 지냈니?"

당시 아버지는 거의 표정이 없었지만 나를 알아보긴 했다. 그나마 안도의 숨을 내쉴 수는 있었지만 걱정이 사라지지는 않았다. 나는 간호사에게 아버지가 도착했고, 신장학과 과장이 우리 아버지를 직접 보고 싶다고 했으며 나와 이미 약속이 되어 있다고 알렸다. 혹시나 간호사가 까먹을까 싶어서 나도 의사라고 말했다.

"기다리셔야만 합니다."

나는 기다렸고, 기다리는 사이에 내 얘기는 가급적 많이 꺼내지 않으면서도 아버지에게 뭔가 숨기고 있는 것처럼 보이지 않으려고 애쓰며 대화를 이어나갔다.

의사가 아버지를 진찰했다. 그리고 아버지 먼저 진료실을 나가게 했다. 만일 투석하기로 한다면, 장치에 의존해서, 아울러 장치를 연결할 때 생겨나는 온갖 복잡한 사항들을 감수하면서 몇 년은 더 살 수 있을 것이다. 예를 들어 감염이나 투석 통로를 유지하는 문제, 그리고 빈혈 같은 것을 감수하고서 말이다. 하루에 다섯 시간 동안, 일주일에 세 번을, 비가 오든 천둥이 치든 땅이 두 동강이 나든 투석에 임해야 한다. 만일 투석을 하지 않기로 결정한다면, 아버지에게 남은 삶이 줄어들겠지만 괴로운 일은 안 해도 된다. 첫 번째 결론은 이렇다. 의학은 돌려 말하는 과학이라는 것. 다른 말을 하지 않으려고 수많은 낱말을 사용한다. 이해할 만하다. 의사들은 인간을 가장 많이 닮았기에, 만일 이런저런 상황을 피해 일정한 거리를 두지 않고, 다른 사람들에 대해

냉정해지지 않는다면, 일하기가 불가능할 것이다. 우리는 내내 울고 있을 것이다. 엉망일 것이다.

모든 곳에서 다 그렇듯 다양성이 있고, 좋은 사람도 나쁜 사람도 있게 마련이다. 하지만 의료 분야에서는 감수성이 너무 풍부하다는 것은 전문가답지 않다는 말이 된다.

나는 아버지보다 내 사정을 더 고려하여 아버지가 투석을 받으시도록 입원을 결정했다. 결정하는 데 그리 고심하지 않았는데, 아버지의 치료를 앞으로 어떻게 해나갈지 선택할 수 있는 유일한 당사자가 바로 나이기 때문이었다. 하지만 나는 원치 않았다. 나는 금세기 기술의 진보와 사고방식에 따라 아버지의 삶을 끝낼 수 있는 결정이 아들인 내 손에 떠넘겨지는 것을 원치 않았다. 이건 현대적인 문제이자, 과학이 풀지 못할뿐더러 앞으로도 영원히 풀 수 없을 수많은 균열 가운데 하나다.

사실 그런 결정을 내려야 할 사람은 우리 아버지 본인이었다. 그런데 아버지에게 여쭤볼 필요가 없었다. 아버지는 선택해야 하는 상황에 처하면 으레 똑같이 말한다. 너 보기에 더 나은 쪽으로 결정해라. 나는 그런 아버지의 태도에 수년간 저항했지만, 결국 굴복할 수밖에 없었다. 그리고 이번에는 아버지가 뭐라고 대답할지 이미 알기에 아버지에게 여쭤보는 수고를 아꼈다.

그날 밤 나는 사랑하는 여자와 함께 파티에 갔다. 친구들 가운데 누군가가 우리 아버지의 안부를 물으면서 의사와 무슨 얘기를 나누었는지 궁금해하면, 안타깝게도 아버지에게는 축구, 농구, 럭비와 같이 신체를 접촉하는 스포츠가 금지되었다고 대답했다. 그리고 곧 나는 방금 한 말은 농담이라고 말했다. 사실

의사가 한 말은, 높은 산에 오르는 원정 등반은 평생 잊어야만
할 거라는 말뿐이었다고 말했다. 그러면 사람들은 나한테 "넌 늘
똑같구나"라고 말했고, 이야기의 주제를 바꿨다. 자정이 가까
워지자 나는 점점 더 으스대며 이야기했는데, 그 순간 매우 부드
러운 손 하나가 내 허리를 간질이는 것을 느꼈다. 내 애인이 나
한테 뭔가 말하려고 다가온 것이었다.

"당신이 아버지를 얼마나 사랑하는지 고스란히 보여."

"내가? 우리 아버지를?"

"그래, 당신이, 당신 아버지를 말이야."

그러고 나서 그녀는 내 팔을 잡고 문으로 나갔다. 집에 돌
아갈 시간이라고 그녀가 말했다.

18

　빌카밤바에는 여성이 남성보다 많다. 여성 3명당 남성 2명이 있는 꼴이다. 그런데도 백서른 살 이상 산 사람은 언제나 남자였다. 지구의 다른 곳에서 나타나는 보통의 상황과는 달리, 이 산골에서만큼은 남자들이 여자들보다 훨씬 오래 산다. 하지만, 여자들도 오래 살기는 마찬가지다. 쉰 살이 지나서 자식을 낳는 게 예사고, 일흔 살이 넘어서 어머니가 되는 경우도 허다하다.

　호세파 오캄포Josefa Ocampo 여사는 백다섯 살이다. 내가 방문했을 때는 오후 4시 무렵이었는데, 호세파는 이제 막 잠자리에 들려는 참이었다. 잘 자고 아침에 보자며 이제 막 잠자리 인사를 하고 있었다.

　빌카밤바는 1년 내내 온도 변화가 거의 없이 온화한 기후를 유지하는데도, 노인들 대부분이 추위를 탄다. 그래서 호세파 여사도 양털로 짠 파랗고 하얀 비니 모자를 쓰고, 티셔츠와 셔츠와 스웨터까지 껴입고 몸을 따뜻하게 하고 나서야 잠에 든다.

　호세파는 사랑스러운 할머니의 전형이다. 눈도 거의 안 보이고, 귀도 거의 안 들리며, 현역에서는 완전히 물러난 사람이다. 뭘 바라는 법이 없기 때문에 사랑하는 일이 쉬운 분 같아 보였다. 손자들 말로는, 예전에는 덩치가 좀 컸지만 세월이 흐르며 작아졌다.

"가족은 어떠신가? 다들 잘 지내시지?"

할머니가 나한테 묻는다.

"그럼요, 호세파 여사님."

"다 하느님이 지켜주신 덕분이지."

할머니는 손자 쉰 명, 증손자 스무 명, 그리고 고손자 열 명을 대부분 잘 알지 못하고 그저 간혹 만날 뿐이다.

"우리 가족은 죄다 뿔뿔이 흩어져 살아요."

할머니가 말한다.

이야기를 지속하기 위한 일종의 조건이라도 되는 양, 레닌이 할머니에게 어떤 음식을 주로 먹는지 물어본다. 레닌은 외국인을 상대하고, 빌카밤바 골짜기의 식습관에 집착하는 사람들을 안내하는 일이 아예 프로그래밍되어 있는 것처럼 보인다.

사람들은 장수라는 것이 입으로 뭐가 들어가느냐에 달린 일이고, 먹는 것을 조심한다면 전혀 아플 일도 없이 건강을 훌륭히 지킬 수 있을 것이라고 생각하며 마을에 도착한다. 그래서 내가 그런 것을 묻지 않으면 빅토르가 묻고, 빅토르가 깜빡하면 운전사인 레닌이 질문한다. 식단이 중요하다는 생각은 너무도 확고해서, 산골 원주민들까지도 다들 그렇게 믿게 되었다. 모두들 건강한 식단이 생명을 연장한다고 확신한다. 빌카밤바에서 사람들이 먹는 것은 분명 세상 어느 곳에도 존재하지 않는 채소와 과일의 조합일 거라고 말이다.

🪴 호세파 오캄포

"유카, 옥수수, 바나나를 먹어요. 가리지 않고 다 잘 먹죠."

빌카밤바의 식단은 다른 산골에서 농민들이 동일한 방식으로 재배하여 섭취하는 것과 똑같은, 오염되지 않은 음식을 자연 그대로 먹는 식단이다. 건강에 좋을 테지만, 빌카밤바만의 독창적인 것도 독점적인 것도 아니다.

해야 할 게 많은 것도 질문할 게 많은 것도 아니다. 빅토르가 호세파에게 〈검은 꽃〉이라는 사랑 노래를 한번 불러보라고 한다. 호세파 할머니는 그 노래를 기억하지 못한다. 그 대신 시를 한 수 읊더니, 페루와 치렀던 전쟁에 관한 기억을 이야기한다. 부모와 헤어지고 국경을 향한 젊은이, "그리고 무덤에 묻혀 다시는 고향으로 돌아가지 못한 용감한 젊은이"를 떠올리며 이야기한다. 기억을 떠올리던 중 키우는 개에 관한 얘기에 이르자 이내 감정이 격해진다. 개 이름은 '아스코'였다. 나쁜 놈, 쓸모없는 녀석, 나의 동반자.

호세파 여사는 뭔가 이야기를 꺼냈다 하면 옛날에 있었던 일을 이야기하고는 항상 "이제는 안 그래"라는 말로 이야기를 마쳤다. 노래를 했지만 이제는 안 그렇고, 결혼 생활을 했지만 이제는 아니고, 아버지와 함께 일했지만 이제는 아니고, 집에서 맡아 하던 일이 있었지만 이제는 아니라고. 호세파 할머니가 하는 유일한 일은 기다리는 일이며, 기다리는 동안 옷을 잘 챙겨 입고 있는 거라는 인상을 준다. 할머니는 추위를 느끼고 싶어 하지 않는다.

백세인과 이야기를 나누고 나면, 언제나 그렇듯이 그 노인의 가족과도 이야기를 나눈다. 매번 나는 이 마을에서 죽음을 맞이한다는 것은 어떤 것인지 물어보고, 노인들이 알고 지냈던 다른 노인의 이야기를 들려달라고 부탁한다. 병을 앓는 기간이 짧았는지 길었는지, 병에 걸린 사람들을 치료해야만 했다면 어떤 식으로 치료 계획을 준비했는지.

빌카밤바에서는 장수할 뿐만 아니라 죽음을 맞이하는 방식도 다르다. 목욕을 하러 갔다가 거기서 죽으며, 일을 하러 나갔다가 거기서 죽으며, 잠자리에 들었다가 다시는 일어나지 못한다. 아무런 전조도 없이, 병의 회복도 없이, 누가 책임져야 하느냐는 싸움도 없이, 부모를 보살피기 위한 자식들의 고군분투 따위 없이 말이다. 빌카밤바 사람들은 이 상태로 연명하는 것이 더 의미가 있겠느냐는 누군가의 질문을 받을 그런 단계를 지나지 않는다.

한 사람이 순전히 고통 받는 육체 그 이상이 아니게 될 때, 그는 여전히 그 전과 같은 사람일까?

이 마을의 노인들은 삶의 마지막 순간까지 스스로를 번듯하게 건사한다. 그리고 죽는다. 그냥 곧바로. 가족이 대기실에서 대단원의 막이 내리기를 기다리는 일 없이. 빌카밤바의 노인들은 병들어 아픈 것 없이 숨을 거둔다. 보살필 필요 없이 늙어가는 것. 그곳의 노인들은 아주 가난한 사람들이지만, 마지막 순간이 다가올 땐 귀족처럼 작별을 고한다.

19

나는 방에서 마드레 티에라의 식당까지 이어진 길을 따라 내려간다. 뭔가 한잔 마시려 한다. 이를테면 허브 차 같은 것 말이다. 수첩을 가져간다. 기록도 좀 하고 싶다. 나는 방에서 나가야만 했다. 방금 홀아비 전갈 한 마리를 죽였기 때문이다. 나는 전갈이 오랫동안 제 짝과 유지해왔던 관계를 계속 이어나가기 위해 어떤 행동을 할지 알 기회를 놓쳤다. 호기심일까, 질투일까? 나도 모르겠다. 맹세코 모르겠다. 내가 분명히 알겠는 것은 그 둘은 늘 함께였고, 어디를 가건 늘 뭉쳐 다녔다는 점이다. 자식들이 둥지를 버리고 떠날 때도 다른 벌레들과 달리 전갈 부부는 변함없이 똑같은 관계를 유지했다. 전갈들에게 다른 건 중요하지 않았다. 그저 서로가 서로를 가졌던 것이다. 그래서 나는 수컷 전갈이 자기 각시를 잃었던 바로 그 자리의 근처를 맴돌고 있으리라 추측했다. 죽음도 그 둘을 갈라놓을 수 없었다.

나는 침대 밑과 가구 뒤쪽을 뒤졌다. 화장실 철제 쓰레기통을 집어 올리는 순간 녀석이 모습을 드러냈다. 커다랗고, 윤기가 좌르르하며, 마디마디로 연결된 녀석. 은신처에 숨어 있던 녀석은 여덟 발을 일사불란하게 움직여 자신에게 허락된 온 힘을 다해 도망쳤다. 하지만 나는 '픽스'를 손에 들고 있었고, 이 화학 무기를 녀석의 몸통 구석구석을 향해 분사했다.

중독된 전갈이 죽어가는 모습을 지켜보는 건 공포스러운 일이다. 전갈은 절망하여 독이 바싹 올라 사나워진다. 꼼짝 없이 당하고만 있는 주제에도 나를 물어뜯고 말겠다는 듯이 집게발을 쭉 뻗었다. 몸을 잔뜩 비틀었는데, 오직 나한테 닿고 싶어 몸을 확장하고 있는 것처럼 보였다. 그리고 광분한 채로 제 독침에 제가 찔릴 때까지 몸을 바싹 구부렸다. 녀석은 두려움 혹은 원한에 젖어, 내가 저를 죽인 유일한 살해자가 되는 것을 저지했다.

빅토르 카르피오가 도착하는 것을 보고서 내가 안심하게 될 줄이야. 빅토르는 적어도 공식적으로 방문해서 나한테 자초지종을 설명하고 해명하라고 요구하는 동물보호협회 회원이 아니다. 비록 그가 그런 마음을 먹었다 하더라도, 전갈은 가축이나 반려동물이 아니다. 보호해야만 할 종種도 아니다.

나는 동물 보호가 대자연을 있는 그대로 존중하는 것을 의미한다고 생각하지 않는다. 사람의 생각은 예리한 날처럼 자신의 선택, 결정, 기호를 분류한다. 포유류를 보호하려는 운동은 많이 벌어지지만, 어느 누구도 생쥐나 바퀴벌레가 겪는 고통 때문에 마음의 동요를 느끼지는 않는다. 게다가 생쥐나 바퀴벌레는 멸종할 위험에 직면한다고 하더라도 누구 하나 걱정하지 않을 것이다. 개와 고양이는 돌보더라도, 에콰도르의 전갈을 보호하자는 운동은 어디에도 없다. 말 그대로 대자연 그 자체라기보다는, 인간이 생각하는 형태로서인 대자연이다. 내가 이해가 안 되는 것은 어째서 그것이 자연주의자들에게 부끄러움의 원천이 되느냐다. 마치 대자연에는 인류가 놓치고 있는 지식이 감춰져 있는 양 말이다. 생각은 집어치워, 새로운 발명 따윈 필요 없어, 우리는 망각된 계시를 찾아내는 데 온 힘을 바치는 거야.

건강한 삶과 천연의 산물을 연관 짓는 것은 그것이 이데올로기로 바뀌지만 않는다면 아무에게도 해롭지 않다. 이제 한편에는 건강하고 이로우며 자연적인 것이, 다른 한편에는 인공 생산품이 놓여 있다. 꿀벌은 벌집을 짓는데, 어느 누구도 그 이야기를 화제 삼을 생각을 하지 않을뿐더러, 다른 유형의 양봉 도시를 개발해보자고 제안하지도 않는다. 아무도 그런 생각을 떠올리지 않는 것은 벌집이라는 것이 벌의 자연적인 본성에서 유래한 까닭이다. 인간의 자연적인 본성은 생각한다는 것이다. 유감스럽게도, 인간이 생산할 수 있는 가장 유독한 폐기물 역시 인간의 본성에서 나온 결과물이다. 인간 본래의 성향에 따른 것이다. 다행스럽게도 피해를 막거나 제한하는 것 역시 인간 본래의 성향이다. 멈춰 서고, 다른 것을 설계하며, 변화를 창조하는 것. 그래도 어쨌든 상위 자연의 심판 없이, 인간 자신의 생각 때문에 불행에 빠지거나 공포에 젖는 타자도 없이 모두 동일한 대자연의 일부를 이룰 것이다.

대자연에는 한 가지 진실만 있는 것이 아니다. 동물도, 식물도, 공기도, 강도, 그리고 대화가 녹취되도록 가장 적절한 순간 녹음기가 켜지기를 기다리는 빅토르 카르피오도 있다.

빅토르의 입에서 처음 나온 이름은 마리오 모레노였다.

"마리오 모레노요?"

"'칸틴플라스' 마리오 모레노*요, 스페인어권에서 제일 인기 좋은 희극 배우 말입니다."

내가 뜻밖이라는 듯 놀라자 빅토르가 웃는다. 나는 칸틴플라스의 모습이 떠오를 듯 떠오를 듯하면서도 잘 떠오르지 않는다. 그래도 그 이름은 분명히 알고 있다. 빅토르는 공연히 딴청을 피우며 먼 산을 쳐다본다. 내가 뭐라도 말하길 기다린다. 빅토르는 세계적인 스타인 칸틴플라스가 거의 1년 가까이 빌카밤바에 거주했다는 사실에 자부심을 느끼고 있다. 그의 존재만으로도 이 산골의 명성이 드높아지는 양 말이다. 칸틴플라스 같은 인물은 지구상 어느 곳이라도 골라 갈 수 있었다. 그런 그가 선택한 곳이 바로 빅토르의 마을인 빌카밤바였던 것이다.

★　예명 칸틴플라스(Cantinflas), 본명 마리오 모레노 레예스(Mario Moreno Reyes, 1911~1993). 멕시코의 전설적인 희극 배우.

마리오 모레노는 특별한 개성 덕분에 이름이 널리 알려졌다. 가난한 멕시코 사람이었는데, 언어유희로는 으뜸이었다. 그는 의미를 다 잃을 정도까지 문장을 비틀고 비꼬곤 했다. 칸틴플라스와 이야기를 나누었던 사람들은 — 보통 권위 있는 인물들이었는데 — 자기 이야기의 논리를 제대로 설명하지 못한 채 말을 마칠 수밖에 없었다. 그가 배우 생활을 시작한 뒤로는 두 해가 멀다 하고 그가 출연한 새 영화가 극장에 내걸렸다. 그런데 그런 그가 1978년에는 대중 앞에 거의 모습을 드러내지 않았다. 칸틴플라스는 빌카밤바에서 신분을 숨기고 나무 울타리로 가려진 외딴 집에 기거했다.

사람들 말로는 의사들이 칸틴플라스를 치료하려고 온갖 방법을 동원했으나 더 손을 쓸 수가 없었다. 그는 심장 질환을 앓고 있었는데, 이 산골에 사는 것만이 유일한 희망이었다. 또한 그가 빌카밤바에서 지낸 덕분에 계속 일할 수 있는 시간을 벌 수 있었던 것인데, 몸속에 과잉되어 있던 요소들이 풀어져서 땅에 희석되고, 강물은 꽉 막힌 그의 동맥을 틔워주었다고도 했다.

빅토르 카르피오는 빌카밤바를 '심혈관계 면역 센터', '장수의 원산지'라고 부른다. 어느 누구도 심장병을 앓지 않으며, 심장병에 걸려서 오더라도 시간이 지나면 말끔히 치유된다. 만일 자기 말을 믿기가 힘들다면, 전 일본 수상 나카소네 야스히로의 개인 비서였으며 스무 걸음 이상 뗄 수조차 없는 상태로 빌카밤바에 왔던 기무라 나다오가 어땠는지 그의 비망록을 읽어보라고 한다. 그는 숨이 가빠서 기껏해야 스무 걸음밖에 걷지 못했다. 그의 심장은 거의 못 쓸 정도로 상해 있었다. 하지만 도쿄에서 전혀 손을 쓸 수 없었던 심부전증이 빌카밤바에 온 지 불과 38일 만에 치유되었다. 나다오는 너무나 기뻐하며, 당시 에콰도르 대통령에게 자기 고향인 홋카이도 북쪽의 어느 섬에 빌카밤바라는 이름을 붙여도 될지 허락을 구했다. 그는 자신이 태어난 곳이 자신이 새로 태어난 곳의 이름으로 불리길 바랐다.

적어도 기무라의 경우 심혈관 질환의 증세 경감과 자기애 회복이 비례하지 않은 게 분명하다.

기무라 나다오를 직접 만나지 못하다니 정말 아쉬울 따름이다. 그를 만났더라면 내게는 기회가 되었을 텐데 말이다. 내가 청소년기에 접어들 무렵, 우리 아버지는 일본이 채 10년도 안 된 기간에 일궈낸 산업 성장 속도로 봤을 때, 앞으로 15년이면 일본 기업들이 전 세계를 지배하게 될 것이라고 예측했다. 아버지는 성공하는 것이 단지 일본 기업들만일 거라고는 생각하지 않았다.

우리 아버지는 내가 어른이 되면 과연 무엇으로 내 앞가림을 하며 살아갈지 걱정을 떨치지 못했는데, 그런 아버지 생각에는 앞날을 대비할 수 있는 가장 좋은 무기가 바로 일본어였다.

나는 일본 대사관이 주는 장학금으로 4년간 공부했다. 그 시절 우리 아버지는 다른 사람들에게, "얘가 제 아들 녀석이에요, 일본어를 공부하고 있죠"라고 소개하곤 했다.

꽤 오랜 시간이 지나고 나서 나는 일본어 공부에 기울인 엄청난 노력에 비해 실질적으로 큰 소득이 없다는 사실을 깨달았다. 우리 아버지는 내가 계속 공부하기를 권했다. 아직 멀리 있긴 해도 분명히 내가 당신께 고마워할 그런 미래가 올 거라고 확신하면서 말이다.

내가 배울 수 있었던 미약한 일본어 실력은 나한테 아무런 소용이 없었지만, 때로는 내가 일본어 배우기에 전념했다고 말하는 것만으로도 꽤 쓸모가 있었다. 이건 그냥 한 예다. 그 밖에도 간혹 나와 아버지의 관계를 더 잘 이해하고 싶을 때도 나름 유용했다.

빌카밤바로 흘러 들어온 저명인사는 칸틴플라스와 기무라뿐이 아니었다. 마을에서는 오랜 세월 동안, 또 다른 스타들이 목격되었다고 굳게들 믿고 있다. 유명 연속극에 나온 악당이 와 있었다는 것이 좀 특별한 점이었다. 영화배우 래리 해그먼Larry Hagman★은 연속극 〈댈러스Dallas〉★★의 제이알JR 역할을 하느라 오랫동안 악인으로 살다 보니 건강이 크게 상했다. 그래서 몸의 치유를 위해 빌카밤바 골짜기로 왔다. 다른 연속극 〈다이너스티Dynasty〉★★★에 캐링턴 가문의 강력한 적대자 중 한 명으로 출연했던 존 사이퍼Jon Cypher★★★★에게도 비슷한 일이 일어났다. 존은 수많은 영화와 텔레비전 연속극에 출연했는데, 지금은 마드레 티에라의 주인과 결혼해서 아예 이곳에 정착해 산다. 그 밖에 우주인, 미군 장군, 미사일 반대 연맹의 여성 회장도 있다.

나는 레닌과 함께 마을 외곽을 걸으면서 백만장자가 현재 살고 있거나, 나중에 여생을 보내려고 한창 짓고 있는 건축물들

★   생몰 연도 1931~2012.
★★   미국 CBS 방송에서 1978년부터 1991년까지 인기리에 방영되었던 드라마.
★★★ 미국 ABC 방송에서 1981년부터 1989년까지 황금시간대에 방영되었던 드라마.
★★★★ 1932년생.

을 보았다. 어떤 건물군은 온갖 편의 시설을 갖추었을 뿐만 아니라 시중드는 일을 할 에콰도르인 한 무리까지 이미 꾸려놓은 진정한 의미의 '저택'이었다. 일전에 술집 '엘 푼토'에서 만난, 길거리에서 주전부리를 파는 히피들은 천국을 찾아서 온 사람들이 오히려 그 천국을 파괴하는 일을 도맡아 하고 있다고 말했다.

빌카밤바가 거기 살러 오는 사람들을 치료하는 자연 병원으로서 일종의 신전과 같은 기능을 한다고 생각하기는 어렵다. 유명한 사람들의 이야기는 그저 꾸며낸 이야기로 들린다. 의료 기록을 자세히 확인했어야 했을 텐데. 수많은 질병과 아픔이, 의사들이 '크로노테라피chronotherapy'라고 부르는 것으로 치유된다. 시간을 기술적으로 이용하는 요법이다. 쉽게 적용할 수 있고, 많은 질병에 공히 가장 쓸모 있다. 크로노테라피는 질병의 여러 징후가 스스로 사라져버리기를 기다리면서 며칠을 그냥 내버려두는 식으로 구성된다. 그런 식으로 치유되는 질병이 많은데, 그럴 때 크로노테라피는 100퍼센트 가까운 효과를 거둔다. 모든 치유 과정이 다 그렇듯, 크로노테라피를 이용하려면 전문가의 지시와 감독을 필수적으로 동반해야 한다. 하지만 빌카밤바의 이야기에는 뭔가가 더 있다.

만약 유사과학 이론이 식물이라면, 빌카밤바는 밀림일 것이다. 그렇지만 백세인들이 존재한다. 길거리를 거닐고, 마을을 돌아다닌다. 대부분 좋은 건강 상태를 유지하고 있다.

섭생이나 기대수명을 높이는 일에 관한 현재 우리의 지식 수준은 빌카밤바 골짜기에서 일어나는 일을 이해하기에 턱없이 부족하다. 여기 소금, 지방, 운동에 크게 구애받지 않고 40년을 더 사는 삶이 있다. 그래서 과학자들뿐 아니라 백만장자, 신도信徒, 정치가, 메시아주의자 들이 은밀하게 찾아든다. 진취적이고 훌륭한 사람들이다. 그 옛날 미국 서부로 금을 캐러 가거나 중동으로 석유를 찾으러 갔던 사람들처럼 그들은 그 40년 때문에 여기로 오는 것이다.

각국 정부는 권력 행사를 하려면 건강, 성性, 출생과 같은 삶의 요소들에 관련된 사항을 입법화해야만 한다. 다시 말해 국민의 몸에 일어나는 일은 국가 차원의 문제이므로, 인생에 40년의 시간이 더 생긴다는 것은 그냥 지나칠 문제가 아니다. 어떤 것에 비용이 들고, 과연 누가 특권자가 될 것이며, 이후 어떻게 운영될 것인지를 둘러싼 논쟁이 촉발될 것이다. 지금 일어나는 일은 건강한 삶으로 다가가는 길에서 그다지 벗어나지 않았을 것이다. 기대수명에 관한 정치 행위와 그 결과들이 존재할 것이다. 우리 아버지는 훌륭한 표본이 되어 지내는 중이다.

21

　나는 돌아가야만 한다. 아버지는 계속 입원 중이다. 아버지는 현 상태를 유지하기 위해 목에 튜브를 삽입하고 그것을 기계와 연결해야 한다. 그런데 바로 그 튜브를 통해 세균도 함께 아버지의 몸속으로 시시각각 침투한다. 아무것도 세균의 침투를 막지 못하는 탓이다. 세균은 혈액이 순환하는 길을 따라 항해하려고 일등석 승선권을 쥐고 몸 안에 도착한다. 혈액은 온 몸 구석구석 안 가는 데 없이 어디로든 흘러가기 때문에, 세균들은 일단 승선하여 자리를 잘 잡고 나서 가장 적당한 목적지를 선택한다. 첫 번째 정류장이 마뜩하지 않은 세균은, 함께 움직여왔던 제 무리를 버려두고, 새로운 지평을 찾아 또다시 항해를 떠난다. 세균의 입장에서 봤을 때 감염시켜볼 만한 체내 기관은 너무도 많기 때문에, 빠르게 감염을 일으키려면 저희들 모두가 교차하는 기관, 곧 모두가 다 함께 가장 먼저 도착한 기관에 모두 다 함께 머무는 것은 참으로 어리석은 짓일 것이다.
　그러는 사이에 육체는 제가 할 수 있는 모든 일을 다 한다. 세균이 쾌적하게 머무르지 못하게 스스로 체온을 높이는 한편,

파티를 끝내고자 백혈구 부대를 급히 파견한다. 세균 감염만으로도 우리 아버지는 끝장나버릴 수 있다. 첫 전투에서 곧바로 쓰러져버릴 수 있다. 그 전투가 마지막 전투가 되어버리고 마는 것이다. 다행스럽게도 항생제가 있으나, 항생제는 몸을 안정시키거나, 보충하거나, 호전시키지 않는 몇 안 되는 의약품 가운데 하나다. 그러면서도 실제로 치료를 하는 몇 안 되는 약제이기도 하다. 항생제는 친구 세포와 적 세포를 점점 더 정확하게 구별하는 법을 대대손손 배워나갈 훌륭한 군대로서 행동한다.

모든 곳에 세균이 존재하지만, 항생제가 충분한 곳에서 가장 예민한 세균들은 죽고, 가장 저항력이 강한 세균들은 번성한다. 그래서 병원 안에서 걸리는 감염은 몹시 위험하다. 의료 산업을 비웃는 데 성공한 세균들 때문에 발생하는 감염이다. 마치 세균을 억제할 수 있는 것이 전혀 없음을 알기라도 하는 양, 반항적이고 공격적인 세균들이 번성한다. 그런 일이 우리 아버지한테 일어났던 것이다. 요양소 밖에서 감염되었던 병증은 치료되었으나, 퇴원하라는 말이 나올 때쯤 다시 열이 나기 시작했다. 전보다 훨씬 더 높이 열이 올랐다. 이번에는 요양소 안에서 감염된 것이었다. 항생제 치료를 받는 도중에 어느 것에든 저항력이 있는 종류의 세균에 감염되었다.

의사들은 복합 처방을 시도했지만 말을 듣지 않았다. 더욱이 발의 상태를 잊어서는 안 되었다. 발의 모양새는 점점 더 악화되었다. 외과 의사 한 사람이 아버지의 한쪽 발을 잘라내야 한다는 소견을 냈다. 그 부위가 세균 감염원일 수 있으니, 그 부위를 병에 걸린 조직체로부터 들어내는 편이 나을 수 있다.

나는 탈출이라도 하듯 빌카밤바에서 빠져나왔다. 마드레
티에라의 담당 직원인 메르시 하라미요Merci Jaramillo가 혹시 불편
한 점이 있었는지 물었다. 그녀는 내가 갑자기 떠나리라고는 전
혀 예상치 못했던 터라 무척이나 놀란 눈치였다. 나는 사정을 털
어놓았다. 메르시가 이해한다고 했다. 자신은 할아버지를 무척
사랑했다고, 그래서 할아버지가 백스물아홉 연세까지 살다가 돌
아가셨지만, 자신은 여전히 슬퍼하고 있다고 했다.

"저희 아버지는 돌아가시지는 않을 거예요. 조금 악화되었
다지만, 그게 다예요. 게다가 여든여섯 살밖에 안 되셨거든요.
당신의 할아버지에 비하면 우리 아버지는 소아과 의사가 와서
돌봐야 할 거예요."

"아버님이 많이 편찮으셔서 돌아가기로 하셨다니, 안됐어
요." 메르시가 내게 말한다. "저는 뭔가 더 심각한 일이 생겼나
했네요."

그녀는 고개를 숙이고, 손에 든 서류들을 다시 검토한다. 접
수대에 서류들을 올려놓으면서, 자신이 주임 신부와 면담을 했

다는 얘기와 더불어 캐럴이 나를 만나고 싶어 한다고 말해준다.

"캐럴이요?"

"네, 여기 주인인 캐럴이요."

메르시는 고개를 까딱하며 벽에 걸린 사진을 가리킨다. 새하얀 피부에 새빨간 입술을 가지고서 은발을 길게 늘어뜨린 중년 부인이다. 야생적인 인상이 풍겼다. 진짜로 거친 야생이라기보다는 우아한 야생이라고 할까. 은발 여인와 사진, 그 이상도 이하도 아니건만, 어쨌든 나는 좋게 보려고 이런저런 추측을 하는 참이다.

"여기 계세요?"

"아니요, 며칠 있으면 오세요."

"아무래도 다음번에 봬야겠네요. 지금 바로 떠나야 해서요. 고마웠어요, 메르시."

나는 아버지를 뵈러 요양병원으로 직행하기 전에, 어머니한테 먼저 들르기로 했다. 아버지가 하도 입원을 하는 탓에 어머니는 늘 속을 태우며 지낸다. 말수도 부쩍 줄었다. 새로운 이야기를 들려주면 그저 끄덕이는 정도고 이내 머리를 움츠린다.

부모님 두 분 다 혼자 힘으로 거동이 불가능하기 때문에 벌써 10년도 훨씬 전부터 부득이하게도 한 방에서 함께 지내며 서로를 온종일, 그리고 밤새 지킨다. 이 모든 상황이 내 입장에서는 속 터지고 짜증나는 일이더라도, 부모님에게는 자연스러운 일이다.

평생 사이좋게 잘 살아온 덕분에 오랜 세월이 흘렀어도 여전히 부부로 잘 살고 계신다. 간혹 새벽 3시경에 부모님의 방에서 기척이 들린다. 간병인은 노인들이 뭔가 필요한 게 있나 싶어서 방 쪽으로 가보지만 곧 문 밖에 멈춰 선다. 두 분이 도란거리는 말소리가 들리기 때문이다. 대체로 소곤소곤 나누는 대화인데, 기억의 늪에서 함께 빠져나오려고 서로가 서로에게 힘을 보태 기억을 되살리는 것이다. 간병인은 그게 큰 문제라도 되는 양, 그게 다 아버지 탓이라고 나한테 일러바친다.

"아버님이 어머님을 주무시게 가만 내버려두질 않으세요. 아침에 두 분을 깨울 방도도 없고요."

두 분 가운데 한 분은, 그게 어느 쪽이든 잠을 잘 수가 없게 된다. 어느 쪽이든 상대의 잠을 깨워 둘이서 결코 끝나지 않을 대화를 이어나가기 때문이다. 언제나 똑같은 이야기를 나누는데, 부부의 결혼 생활에 대한 공개 토론이다. 식구들에 관한 이야기를 한다. 형제자매의 배우자들, 사촌들, 자식들, 부모들, 삼촌들에 관해 이런저런 의견을 나눈다. 그들 중 대부분은 만나본 적도 없고 다시 볼 일도 없을 테지만, 지나간 이야기로는 원한다면 몇 번이라도 돌아갈 수 있다. 추억에 다다르기 위해서는 무리하게 두 발로 걸어가지 않아도 된다.

두 분은 종종 어느 데이터에서 멈추곤 한다. 어느 사촌이 누구의 상갓집에서 밤을 지새우고 있었는지, 혹은 이모님이 과부가 되고 나서 새 애인을 사귀게 되었는지 어쨌는지 일일이 따지다 보면 그렇게 되기 일쑤다. 나누고 있는 대화 내용을 입증하려면 다른 일화를 떠올려야 하고, 그 일화를 확인하려면 또 다른 일화를 떠올려야 한다. 그렇게 하면서 부모님은 각자가 타인들의 삶에 대한 나름의 이론을 다시 세울 만큼 시간을 보낸다.

가족 이야기가 두 분의 유일한 이야깃거리는 아니다. 제삼자로서는 이해하기 어려운 두 분만의 이야기가 또 있다. 부부 사이의 문제다. 늘 티격태격하며, 책으로 써내려가도 한 권은 족히 나올 법한 불평불만을 늘어놓는다. 하지만 우리 아버지는 언제나 어머니를 마음속 깊이 신경 쓰고, 어머니도 여전히 아버지를 가장 사랑한다. 한 분이 아프면, 다른 한 분은 힘을 내고 경계 태세를 가다듬는 기회로 삼는다. 아버지가 나가셨다 하면 어머니는 늘 아버지가 집으로 돌아오기만을 기다리고, 아버지는 어디에 가든 어머니에게 전화를 걸어 안심시켜준다. 나는 우리 어머니가 가장 좋아하는 사람이 나라고 여기며 자라났다. 그건 사실이 아니었다. 그냥 자식들한테 해주는 말이었을 뿐이다.

나는 열쇠를 가지고 있었지만, 문을 두드리기로 했다. 아무도 내가 올 거라고 예상하지 못하고 있었다. 간병인 여자는 깜짝 놀랐지만, 나한테 다정하게 인사한다. 문을 열어주기 전에 누구인지 물어보았더라면, 혹은 적어도 복도에 불을 켜고, 현관문에나 있는 문구멍을 통해서 집으로 들어오려는 사람이 그저 아무나가 아니라는 걸 눈여겨 잘 살폈더라면 더 좋았을 것이다.

거실에는 아기놀이울이 있고, 그 안에 내가 모르는 두세 살배기 남자아이가 있다. 담요 위에서 꼬물거리는 아이는 플라스틱 장난감들에 둘러싸여 있다. 제법 몸집이 큰 여자 둘이 소파에 앉아서, 마리네라 비스킷에 차를 곁들여 마시며 오후에 방영하는 드라마를 보느라 한창이다. 누군가가 더 있다. 어느 방에선가 또 다른 젖먹이 아기의 울음소리가 들리고, 곧 그 아기를 어르는 목소리가 들린다. 아기는 드라마의 여주인공에게 무슨 일이 일어난 건지 알기 어려울 만큼 심하게 울어댄다. 그러든 말든 나한테 상관없기는 매한가지인데, 여주인공의 애인이 여주인공을 속였다는 게 불 보듯 뻔한 까닭이다.

"저를 보러들 왔어요." 간병인 여자가 내게 말한다. "어머님께 먼저 불편하시겠냐고 여쭤봤는데, 괜찮다고 하셨어요. 곧 다들 돌아갈 거예요. 저쪽이 제 여동생이랍니다."

간병인 여자는 차를 마시고 있는 두 여자 가운데 한 명을 가리키며 말한다.

"그리고 그 옆은 제 여동생의 시누예요."

적어도 '여동생의 시누'는 나한테 인사하려고 일어선다. 간병인의 여동생은 내가 초대도 받지 않고 오면 안 될 곳에 들이닥쳐서 자신을 귀찮게 하는 사람인 양 나를 쳐다본다. 이제야 막 울음을 뚝 그친 아기가 나타나고, 나는 아기의 고모에게 소개된다. 붙임성이 좋은 아기의 고모. 나에게 뭐 좀 마시고 싶으냐고 묻는다. 내 짐작으로는 나한테 뭔가 내오려고 하는 것이지, 이런 상황에서 나더러 밖으로 나가라는 뜻은 아닐 것이다.

"저희 어머니는요?"

"방에요. 방금 전까지 제 조카들과 놀아주셨어요. 어머님이 아이들을 참 좋아하시네요."

나는 어머니에게 가서 입맞춤으로 인사한다.

"에콰도르에 있었던 게 아니니?"

"그랬죠. 근데 아버지에게 무슨 일이 생겼나 싶어서 보러 왔어요."

어머니는 나를 쳐다본다. 그리고 두 눈을 감더니, 턱을 가슴께로 축 떨어뜨린다.

"아버지가 영 안 좋다고 하던?"

"모르겠어요. 지금 병원에 가보려고요. 그런데, 이 사람들은 다 어쩐다죠?"

어머니는 이미 당신이 이 집의 주인이 아닌 거나 다름없다는 것을 내가 알아채도록 체념한 몸짓을 한다. 어머니는 남편을 동행할 수도 없고, 매일 뭘 먹어야 할지도 모를뿐더러, 아파트에 누가 들어오고 누가 들어오면 안 되는지 결정할 능력도 없다. 어머니는 당신이 화장실에 갈 때 내딛는 걸음걸음을 부축해주는 사람들이나, 시간의 대부분을 함께 보내면서 당신에게 잘 대해주고 애정도 쏟아주는 사람들에게 얹혀서 살아가는 것이다.

비록 어머니는 일어설 수 없지만, 어떤 날에는 일어서기도 한다. 치료받기를 거부하는 날에 그렇다. 2~3주마다 한 번씩 아무리 용을 써도 도대체 어머니를 설득할 도리가 없는 스물네 시간이 있다. 어머니는 적어도 하루만은, 바로 그런 날만은, 어머니 본인이 명령을 내리는 이가 되고자 기를 쓰신다.

내가 사랑하는 여자가 지금 나한테 짜증이 나 있다. 애석하게도, 하필이면 왜 그녀인 걸까? 내가 모르는 여자도 많고, 나한테 손톱만큼도 영향을 끼치지 않으면서 화를 낼 수 있는 여자도 많건만, 나로선 참 운이 나쁘게도 하필이면 화가 난 여자가 마침 그녀다. 그거야 어떻게든 내가 참아낼 수 있을지라도, 지금껏 내가 고려하지 않았던 점이 한 가지 있다. 바로 그녀가 옳다는 점이다. 그녀는 어째서 내가 자신과 함께 요양병원에 가려고 하지 않는지 도무지 이해할 수 없다고 말한다. 나는 그녀에게 혼자 가면 더 빨리 갈 수 있고, 또 아버지를 방문하는 일은 전혀 유쾌한 일이 아니기 때문이라고 설명한다.

"저는 지금 어머니가 불편하시지 않도록 하려는 거예요."

나는 어머니에게 말한다.

어머니는, 사는 게 파티 같은 줄 안다면 어릿광대와 외출하지 나랑 외출하겠느냐고, 또 당신은 엄연한 어른이고 스스로를 거뜬히 건사할 수 있으니 너무 신경 쓰지 말라고 맞받아친다.

"왜 웃니?"

어머니가 묻는다.

나는 어머니가 그런 식으로 말하는 게 너무 좋아서 웃는다. 하지만 재빨리 설명하지 않으면 어머니는 내가 당신을 비웃는 거라고 여길 것이다. 뭐라도 내가 먼저 말하는 편이 낫다.

"저와 함께하는 삶은 파티가 아닌가 보죠?"

아닌 것 같다.

나는 어머니를 대기실에 있게 한다. 어머니는 책을 한 권 꺼내서 다리를 꼬고 앉은 채로 책을 읽기 시작한다. 어머니가 무얼 읽는지 궁금하지만, 봐야 할 책이 너무 많은 나에게 문학은 우선권을 주기엔 너무 먼 분야다.

나는 자동문으로 들어가 환자의 친인척들이 서성이는 복도를 지나서, 우리 아버지와 간병인 여자와 텔레비전과 간호사가 있는 입원실까지 간다.

"환자분 상태를 살펴보는 중이니 잠깐만 밖에서 기다려주세요."

"저는 아들인데요."

"네, 알겠습니다. 아드님은 잠깐만 밖에서 기다려주세요."

"저도 의사입니다."

"잘됐군요. 의사 아드님은 밖에서 기다려주세요."

아버지의 체온, 맥박, 혈압을 검사하는 동안 나는 입원실 문 밖에서 기다리다가, 검사가 끝난 뒤에야 병실 안으로 들어간다.

우리 아버지는 가망이 없는 상태다. 반듯이 누워 있는 아버지는 한쪽 뺨이 베개에 닿을 때까지 고개를 돌리고, 그다음에는 똑같이 반대쪽으로 고개를 돌린다. 아버지는 이불에 덮여 있지 않다. 두 다리가 고기 싸는 종이에 포장된 두 마디 뼈다귀처럼 보였다. 공포에 휩싸인 아버지가 탈출을 위해 등으로 어찌나 침대를 문대고 밀치며 몸부림을 쳤는지 발뒤꿈치가 다 까져서 궤양이 생겼다. 아버지는 콧줄을 뽑아버리려고 하고, 산소마스크를 벗어버리려고 한다. 간병인은 이제 누군가가 자신과 교대해주길 원한다. 아버지는 사흘이나 잠을 자지 못했다.

"더는 못하겠다. 여기서 꺼내줘!"

나를 보자마자 아버지가 처음 내뱉은 말이다.

나는 아버지에게 진정하시라고 한다. 지금 의사를 만나서 얘기하겠으며, 만나고 와서 아버지께 말씀드리겠노라 말한다.

"기다려!"

아버지는 내가 가지 말고 그냥 당신 곁에 있기를 바란다. 먼저 나하고 얘기해야 한다고 말한다. 두 눈을 뜨고 온 힘을 다해 헐떡이며 폐에서 공기를 뿜어낸다. 아버지는 격노해 있고, 감염으로 중독되어 있으며, 더는 견디지 못하고 나한테 냅다 소리를 지를 참이다.

"지금하고는 다르게 살고 싶구나."

아버지는 진정된 것처럼 보이려고 애쓰며 말한다.

"완전히 다른 삶을 살고 싶어. 네가 몇 년 전부터 그랬던 것처럼 말이다. 해변 가까이 가서 살고 싶구나. 투석할 수 있는 의료기관이 있는 곳이라면 어디든 좋다. 조그마한 아파트가 있었으면 좋겠고, 창문으로 바다를 내다볼 수 있으면 좋겠어."

"그렇게 해요, 아버지. 하지만 그 전에 먼저 몸 상태가 호전되어야 해요."

"그렇게 하긴 뭘 그렇게 해!"

아버지가 버럭 한다. 그리고 도로 목소리를 낮춘다.

"더 이상 못 참겠다. 자나 깨나 갇혀 있잖니."

그리고 다시 뒷머리를 베개에 쿵쾅쿵쾅 내리친다.

"아버지, 제가 무슨 수로 아버지를 모시고 해변에서 살 수 있겠어요?"

"너라면 할 수 있어, 할 수 있고말고. 불가능하게만 보였던 많은 일을 이뤄오며 살았잖니. 나를 좀 다른 데로 데려가거라!"

나는 성인이다. 스무 살이 되었을 때 부모님 집에서 독립했다. 그 뒤로 이렇게 오랜 세월이 지났는데, 이제 와서 새삼스럽게 아버지가 그런 식으로 말씀하시면 곤란하다. 아버지가 아직도 나한테 영향을 끼칠 수는 없는 노릇이다. 아버지는 뇌의 일부분만을 간신히 쓸 수 있는 노인네다. 그런데 나는 왜 아버지가 요구하는 것을 반드시 들어드려야 할 일로 여기는 걸까?

왜냐하면 사실 나는 그 요구를 들어줄 수도 있기 때문이다. 내가 계획을 잘만 세운다면야 아버지를 모시고 다른 곳으로 가서 살 수 있을 것이다. 아버지가 사는 집을 세놓고, 온천장이라도 있는 지역에 아파트를 구한다. 투석 센터에는 바닷가 쪽에 있는 다른 투석 센터로 이송해달라고 요청한다. 환자들이 휴가를 갈 때 밟는 일상적인 절차다. 나는 그런 걸 할 수 있을 것이다. 나는 아버지를 비행기에 태워서 빌카밤바로 모시고 갈 수도 있다. 부모님이 살고 있는 집을 팔고, 훨씬 적은 돈을 들여 에콰도르에 집을 한 채 산다. 아버지는 훨씬 더 오래 사실 것이고, 나는 아흔다섯이 되어서도 아버지를 계속 돌보는 기쁨을 누리게 될 것이다. 나는 아버지에게 빚을 졌다. 아버지는 나한테 생명을 주셨으므로, 나한테 그 빚을 갚으라고 하는 건 문제될 게 없다.

실제로는 여기서 제동이 걸린다. 빌카밤바에는 투석 센터가 없다. 설령 있다 해도 환자가 없어 문을 닫을 것이다. 안타깝게도 나는 거기까지 아버지를 데려갈 수가 없다. 에콰도르는 무리 없이 조용히 제외된다. 바닷가로 이사하는 문제를 놓고 보면, 이런 문제에 대해서 50퍼센트의 결정권을 가진 우리 어머니는 지금 사는 곳에서 이사를 갈 마음의 준비가 되어 있지 않다. 어쨌든 이상한 일이지만 나를 정당화하기 위해서는 상식을 지지해야 한다.

병동의 담당 과장 의사가 들어온다. 내가 아버지를 보러 왔다는 소식을 간호사에게 듣고, 그는 나와 이야기를 하려고 아버지의 병실까지 왔다.

"아버님 상태가 나아졌습니다. 검사 결과가 좋아지기 시작했어요. 며칠 안에 퇴원하실 수 있습니다."

나는 의사가 그 말만 빼고 다른 어떤 말이든 해주길 기대했다. 감염 증세는 누그러지고 있지만, 발은 그 상태를 가늠하기까지 경과를 지켜봐야 한다.

"아버지는 무척 흥분하신 상태예요."

나는 의사에게 대답한다.

"네, 이미 신경정신과에도 의뢰를 해놓았습니다만, 아직 그쪽에서 오지 않았네요. 이제 투석을 할 건데요, 그걸 하려면 신경정신과 쪽 소견도 반드시 고려해야 합니다. 하지만 호전되긴 하셨어요."

그는 아버지 쪽으로 돌아서서 아버지에게 말한다.

"오늘은 좀 어떠세요?"

"괜찮아요, 선생님. 감사합니다."

의사가 나가고, 침상 운반 담당자들이 아버지를 데리러 들어온다. 그들이 아버지를 이동 침상에 싣고 나가기 바로 직전, 아버지는 머리를 돌려서 내게 작은 목소리로 속삭인다.

"아까 한 얘기 잊지 마라."

우리는 먼저 마실 것을 주문했다. 나는 주문할 음식을 고르기 전에는 본격적인 이야기로 들어가고 싶지 않았다. 이 레스토랑은 새로 문을 연 곳이고, 현대적이며, 목 좋은 곳에 자리 잡고 있었지만, 음식이 나오기까지 시간이 너무 오래 걸렸다. 음식이 나올 때쯤 되면 벌써 레스토랑의 실내장식이 식상해질 정도다. 메뉴가 복잡하게 쓰여 있어서 자기가 주문하는 게 무슨 음식인지 확신할 수 없었다. 반면 감미로운 음악과 적절한 조명, 그리고 온화한 분위기가 있었다.

"병원에 함께 가주셔서 고마워요. 제가 말을 안 들었죠. 고마워요, 어머니."

"네 아버지야 네 덕분에 살아 있는 거고, 또 너도 그 공을 아무하고도 나누기 싫잖니."

어머니가 한 말은 좋은 말로 들리면서도, 정작 내게 말하고자 하는 것이 무엇인지 알 수 없었다. 내가 더 확실히 이해할 수 있는 영역을 찾는 편이 낫다.

"빌카밤바 얘기를 해드릴까요?"

"그래, 뭐든 다 알고 싶구나. 가만, 뭐라도 먼저 주문을 하자. 안 그러면 너무 늦어져서 네가 시장할 거야."

나한테는 두 가지 경우의 수가 있는데, 내 생각을 완전히 꿰뚫어 보시는 어머니 때문에 내가 편집증적인 상태에 빠지거나, 아니면 내가 긴장을 풀고 닭 요리를 주문하는 것이다. 나는 큰 확신 없이 두 번째 것을 택하고 종업원을 부른다.

"그 산골에서 일어나는 일은 정말 인상적이에요. 제가 직접 목격한 것도 그렇고, 그곳에 머물다 보면 사고방식이 달라지더라고요."

"그게 무슨 말이니?"

"예를 들면, 노화요. 저는 노화가 인생의 자연적인 단계라는 걸 의심해본 적이 없어요. 그런데 지금은 그게 아니라고 생각해요. 노화도 다른 병과 마찬가지로 일종의 병이라고 생각해요."

나는 목소리를 낮추고, 이건 내가 어머니하고만 나눌 수 있는 대화이며, 그런 말을 했다간 나를 박살 내버릴 의료 환경이 무서워서 두 번 다시 입 밖으로 내지 않을 이야기라고 말한다.

"노화는 수많은 퇴행성 질병 가운데 하나라고 생각해요. 죽어야 끝나는 병증이 하나 더 있는 셈인 거죠."

늙는다는 것은 정상일뿐더러 세상 사람 모두가 늙는다고 말하는 것은, 비록 그렇게 보이지 않을지라도 한 가지 관념일 뿐이다. 철학적 입장이다. 모든 질병 중에서도 가장 널리 퍼진 질병일 테지만, 끝이 있는 병증이다. 빌카밤바에는, 어쩌면 훈자와 압하지야에도 그 병에서 회복시키는 (어느 누구도 그게 무엇인지 정확히 알지 못하는) 일종의 해독제가 있다.

"이해가 잘 안 되는구나. 살아 있는 모든 것은 어느 순간에 죽잖니. 그것이 대자연의 법칙이지."

"그게 그렇지가 않다는 것을 아세요? 죽음은 살아 있는 모든 존재에 해당되는 것이 아니에요. 교미를 통해 번식하는, 곧 생식기관이 있는 종들이 죽는 거예요. 그렇지 않은 다른 종들도 있거든요. 암수가 없고, 이분법으로 생식을 하는 것들이요. 생애의 일정한 순간에 둘로 나뉘어서, 다시 젊은 두 개체로 변하는 거죠. 절대로 죽지 않아요. 단, 그것들이 계속 동일한 개체인지, 다른 개체로 변한 건지, 생물학이 풀지 못한 문제지만요. 확실한 건, 시원始原 세포는 우리가 생각하는 그런 죽음을 맞지 않는다는 거예요."

"그건 일부 단세포 동물에서 생기는 일이잖니."

"맞아요, 한 세포에 일어나는 일이지만, 죽는 게 죽는 게 아니에요. 그 사실로부터 정말로 영원한 삶이 없는지 생각하게 되고, 생식력과 죽음 사이에 강력한 연관 관계가 존재한다고 말할 수 있는 거죠."

"왜지?"

"왜냐하면 성별이 나뉜 존재들은 죽으니까요. 다른 방식으로 번식하는 종들은 죽지 않을 뿐 아니라, 재번식할 때마다 재탄생하죠."

"나한테 엄청난 숙제를 안겨주는구나."

"왜요? 무슨 말씀인지 모르겠네요."

"그래 알았다. 암튼 좋아, 계속 얘기해보렴."

"사람은 여러 가지 이유로 늙어가는 존재인 것 같아요. 그게 바로 제 관심사예요. 세포는 일정 기간을 보내도록 설계되어 있고, 그 시기 동안 분화할 수 있어요. 그 기간이 만료되면, 예를 들어 쉰 번 이분되고 나면 세포는 활동을 멈춰요. 죽지 말라고, 계속 그런 식으로 살아가라고 세포에게 지시하는 특정 물질이 있다면 어떨까 한번 생각해보세요."

"우리는 불멸의 존재가 되겠구나."

"얼마나 그럴지는 모르겠어요. 어떤 종양은 세포가 무수히 계속해서 분화하게끔 하는 무언가를 만들어내요. 그건 재앙을 부르죠. 그런데 빌카밤바에는 건강한 세포가 생성되도록 기능하는 뭔가 그 비슷한 것이 있다고 추측해보자는 거예요. 그리고 우리를 죽이는 암세포 속에 영원한 삶의 열쇠가 있다고 생각해보자는 거죠."

"그게 그런 거니? 확인은 된 거고?"

"아니요, 확인된 건 아니에요. 사람들 앞에서는 아직 되풀이해서 말하고 싶지 않은, 그냥 제 생각일 뿐이에요. 노화를 유발하는 분자 배열의 원인은 어림잡아 열 가지 정도가 돼요. 어느 순간이 되면 이 원인들이 작동할 가능성이 있는 거죠. 어쨌든 최고령 한계치가 지금의 백스무 살에서 백쉰 살 아니면 이백 살 정도로 바뀔 수 있을 거예요. 모든 연구가 시작 단계에 머물러 있지만, 제 생각에는, 이미 단정적인 방식으로 삶을 이야기할 수는 없는 것 같아요. 제가 목격한 것만 봐도, 삶과 죽음이란 말은 이미 절대적인 의미가 있는 게 아니에요."

"그게 뭐에 달려 있는지 아니?"

"아니요, 게다가 저는 그 문제에 대한 전문가가 아니라서 그냥 생각나는 대로 막 지껄이고 있는 건지 몰라요. 그런데 제가 관심 있는 건 그게 아니고요, 아니 물론 관심이야 있죠. 그런데 관심만큼 연구를 못 했어요. 그럴 시간이 없기도 했고요."

"그렇다면 돌아가거라."

"그럴 순 없죠. 이제 막 돌아왔는데, 다시 가진 않을 거예요."

"네 아버지는 퇴원 명령이 떨어졌잖니. 네 원래 계획도 거기서 더 오랜 시간을 보낼 생각이었고 말이다. 그러니 돌아가라. 그 연구가 네가 하고 싶은 일이라면, 돌아가. 여기 일은 내가 다 알아서 하마."

"예산도 초과했고, 가려면 진작 가야 했어요. 이젠 못 해요, 복잡해요."

"빌카밤바 이야기를 하는 네 얼굴을 네 눈으로 직접 봐야 하는데. 돌아가렴. 너는 할 수 있어, 할 수 있고말고. 왜 갑자기 말이 없니?"

"어머니가 '너는 할 수 있어, 할 수 있고말고' 하시는 게 싫어요. 싫다고요."

다 망했다. 우리는 겨우 밥을 먹었고, 후식은 주문할 필요도 없었다. 집에 돌아오는 내내 우리는 필요한 말만 했다. 하는 모든 말을 공들여서 했다. 나는 어머니에게 뭐라도 마시러 가자고 제안했다. 어머니는 원하지 않았다.

"아버지 병원에 함께 갔던 날 무슨 책을 읽고 계셨어요?"

"알고 싶니?"

"네."

"네가 알고 싶다니 난 좋구나."

나는 스스로 내린 결정이라 자신하면서 빌카밤바로 돌아왔
다. 설령 그렇지 않았다 하더라도, 어쨌든 어머니 같은 사람이
몰아치는 것을 가끔 받아들이는 것과 아버지 같은 사람이 끈질
기게 몰아치는 것에 굴복하는 것은 똑같지 않다. 그래서 나는 어
머니와 함께 마지막으로 저녁을 먹으러 갔던 때를 떠올려보았
다. 생각해보니 내가 잘못 알았던 것이었다. 어머니도 나를 꽤나
재촉했다. 단지 아버지가 취하던 방식으로 말하지 않았을 뿐이
다. 어머니는 나한테 전보다 더 나아지라고 다그치지 않았고, 당
신을 자랑스럽게 할 뭔가 특출한 사람이 되라고 종용하지도 않
았다. 내가 혹여나 자격지심으로 대답할까 염려하며 대답을 재
촉하지 않고 잠자코 기다려주셨다. 어머니가 말한 것은, 만약 빌
카밤바에 내가 흥미를 느끼는 것이 있다면 그것에 전념하라는
것이 다였다. 내가 호기심을 느낀 것이 중세 음악이든 건축이든
티베트 야크*의 애정 생활이든 어머니한테는 다 마찬가지였을

★   중앙아시아의 고원 지대에 서식하는 들소의 일종.

것이다. 아니다, 어쩌면 그게 아닐지도 모른다. 어쩌면, 주제에 따라 어머니한테도 마찬가지가 아니었을지도 모른다. 어쨌든, 이번 경우에 어머니는 내가 품은 열정을 유지할 수 있게 해주셨고, 내가 우물쭈물 주저하는 태도에서 벗어나 행동하도록 해주셨다. 어머니는 막막할 때 언제든지 내게 버팀목이 되어줄 준비가 되어 있었지만, 내가 곁에서 당신들을 기쁘게 하기를 바라지는 않으셨다. 부모의 노화에는, 책임감이나 애정과 마찬가지로 우리를 사로잡고 계속 바쁘게 만드는 어두운 마력이 있다.

여행하는 동안 — 여덟 시간이면 되는 비행이 삼등석 탑승권 때문에 스물네 시간 비행으로 둔갑해버린 라틴아메리카 종단 여행 동안 — 나는 생각을 가지런히 정리하려고 애썼다. 지금까지 내가 무슨 생각을 했나?

빌카밤바에서는 더 오래 살고 병에 덜 걸린다. 백세인의 수는 다른 어디보다 열 배가 훌쩍 넘는다. 장수의 비법을 설명하는 이론 같은 게 떠도는데, 건강한 음식을 먹고, 산업 생산품을 소비하지 않으며, 농사를 지을 때는 전혀 농약을 사용하지 않는다는 것이다. 다들 그 점을 확신하며 지치지도 않고 말하고 또 말한다. 내가 잘 이해가 안 되는 점은, 옛날 옛적에 농약이 아직 발명되지 않았을 때는 건강한 음식밖에 먹을 게 없었을 텐데도, 어째서 사람들이 지금보다 오래 살지 못했느냐는 것이다. 어째서 산업 생산품이 존재하지 않고, 아직 토지를 오염시킬 수 있는 그어떤 것도 발명되지 않았을 때, 인간은 백쉰 살까지 살지 못하고 평균 서른다섯 나이에 죽었을까. 오염은 치명적일 수 있고, 그점에는 의심할 바가 없지만, 그렇다고 해서 우리가 아는 한계치보다 생명이 훨씬 더 많이 연장되는 이유가 오염원 부재로 설명되지는 않는다.

빅토르는 빌카밤바에 백세인이 많다는 걸 자랑스러워하는 데 그치지 않고, 빌카밤바가 '심혈관계 면역 센터'라고 말했다. 어디 개막 행사 같은 데 어울릴 만한 흥미로운 제목이긴 하지만, 이 산골에서 일어나는 현상에 붙일 이름으로 온전히 정확한 표현은 아니다.

"심장이 아파서 오는 사람들은 여기 와서 치유가 됩니다. 강물, 숨 쉬는 공기, 그리고 지역의 음식 말고는 없는데도요."

전에 빅토르는 유명인들의 이야기를 비롯한 여러 예시를 제시했다. 마을에 사는 모든 이들이 그 이야기를 입증하는 산 증인이었지만, 그때 나는 치유된 사람들 가운데 어느 누구도 직접 인터뷰할 수 없었다. 그래서 마드레 티에라에 다시 여장을 풀자마자 빅토르와 이야기를 나누었고, 그에게 해당 사례를 직접 인터뷰할 수 있도록 주선해달라고 부탁했다. 바로 그날 오후, 이사벨 아기레 루이스Isabel Aguirre Ruiz 여사가 손짓으로 자리에 앉으라고 하더니 오르차타* 한 주전자를 내왔고, 자기 이야기를 들려주겠다고 했다.

이사벨은 일흔다섯 살이다. 겉보기로는 훨씬 젊어 보인다. 빌카밤바에 있는 작은 호텔의 주인인데, 공원을 산책하거나 야외 좌석들 사이를 거닐 때면 그녀의 붉은 원피스와 새하얀 진주 목걸이가 눈길을 끈다. 그녀의 머리칼은 짙고 길다. 의연하고 온

★　　기름골 뿌리나 쌀을 갈아서 달게 만들어 차게 마시는 음료.

화한 표정이 얼굴에 잘 드러나도록 머리칼을 끈으로 정성스레 묶었다. 호텔의 주인일 뿐 아니라 에콰도르 북부 어느 목장의 주인이기도 하다. 목장에서 지낼 때는 겨우겨우 걸음을 뗄 수 있을락 말락 한 정도의 건강 상태였다고 한다. 이사벨은 상당히 진행된 단계의 심혈관 질환을 앓고 있었다. 동맥경화증이 심했기 때문에 혈액이 동맥을 타고 순환하도록 심장은 훨씬 더 많은 애를 써야만 했다. 이사벨의 심장은 운동해서 커진 근육처럼 비대해지기 시작했다.

심장이 너무 크다는 것은 언제나 문제적이다. 산소가 심장까지 도달하지 못한다. 그래서 아프고 고통스러우며, 몸이 예전처럼 기능하지 않는다. 이사벨은 몸속에 산소가 부족하다고 느꼈다. 상태가 너무나 악화되어 낮에는 가만히 있어도 고산 지대에 올라가 있는 것과 같은 양상을 보였고, 밤에는 심장이 하도 쿵쾅쿵쾅 요동치는 바람에 잠을 잘 수가 없었다. 가슴 통증이 있고, 모든 것이 암담했다. 보아하니, 심장학 쪽에서는 더 공통되는 느낌들을 설명한 자료들이 나와 있었다. 그것은 이사벨에게 그다지 도움이 되지 않았다. 의사를 찾아갔고, 의사에게 병세의 진행 정도를 얘기했으며, 진료실을 나오면서 처방전을 받아 가방에 넣고, 약국에 가서 약사에게 내밀었다. 날마다 복용해야 하는 약 목록에 늘 약이 새로 추가되었다. 치료제는 많았지만 전혀 호전되지 않았다.

이사벨은 빌카밤바로 한번 가보라는 말을 듣고 별 기대 없이 그렇게 했는데, 정말 놀랍게도 산골에서 산 지 얼마 되지도 않아서 다시 숨을 쉴 수 있게 되었다고 한다. 심장 박동이 심하게 빨라지는 일 없이 젊었을 때처럼 걸을 수 있었고, 숨이 모자라 부득이하게 잠깐씩 쉬었다 가는 일 없이 목장을 걸어 다녔다. 혈압은 보통 수준으로 떨어졌고, 지금은 알약 한 알만으로도 조절이 된다. 약을 먹는 이유는 의사를 기분 좋게 하기 위해서다. 솔직히 그걸 먹을 필요도 없다. 필요한 것은 빌카밤바에 영원히 머무는 것이다. 그래서 호텔을 차렸다.

나는 이사벨에게 사람들이 찾아오느냐고 묻는다.

이사벨은 그렇다고 한다. 산 호아킨 프로젝트가 시작되고 나서 외국인들이 많이 찾아온다고 한다.

또 다른 백세인을 찾아가는 길에 건축물이 보였다. 레닌은 산 호아킨 프로젝트가 진행되고 있는 택지를 보여주려고 픽업트럭을 세웠다. 그는 차에서 내려서 길 가장자리로 다가가더니 그 택지를 가리켰고, 그러면서 딱히 어떤 말을 하지 못했다. 레닌이 이런저런 말을 하지 않는다는 게 의아했지만, 그 순간만큼은 특별한 의견이 없는 것으로 보였다.

'아시엔다 산 호아킨Hacienda San Joaquín'은 일종의 민간 기업이다. 안데스 산자락과 빌카밤바 강 사이, 마을에서 2킬로미터 떨어진 곳에 자리 잡고서 여러 택지로 나뉘어 있는, 일종의 거대 농장이다. 그것은 장수에 대한 확신을 사려는 꿈을 꾸는 사람들을 위한 장소다. 모두를 위한 꿈은 아니다. 프로젝트는 하버드 신학대학원Harvard Divinity School 졸업생인 조 시모네타Joe Simonetta가 이끌고 있다. 정확히 이런 문구로 판촉을 한다. "저희와 함께하십시오, 품격 있는 여러분을 찾습니다." 그런 다음, 품격 있는 사람들이 누구인지 설명한다. 품격 있는 사람들이란 바로 건강한 생활 습관을 가진 사람들이며, 이웃에게 친절하고, 자연의 세계를 존중하는 사람들이다. 누가 이 세 가지 규칙에 반대할 수 있을까? 이 세 가지는 무해해 보인다. 그럼에도, 품격 있는 사람들이 따로 존재한다고 생각하는 것은, 다른 한편에 품격이 낮은 사람들이 다수 존재한다는 의미를 내포한다. 장수라는 보물에 다가가면서 각자의 가장 나쁜 점이 일깨워진다.

나는 조 시모네타에게 묻고 싶다. 건강에 좋은 식습관은 무엇입니까? 건강에 좋은 것은 이런 것이다 하고 단정하는 것은 결코 예의 바른 태도가 아니다. 나는 유럽인이나 아메리카인의 식습관은 상당 부분 동양인의 건강에 별로 좋지 않으리라 생각한다. 그러니 어느 행정가가 그런 식습관을 가려내는 것이 무례한 처사는 아닐 것이다. 그 반대도 — 그게 더 가능한 일인데 — 마찬가지다. 그렇다면 이웃에게 친절하게 대하는 것은? 나는 사람들이 너무 친절하게 굴면 신경질이 난다. 친절하려고 아주 많이 노력하고 그런 일을 예술적으로 해내는 사람들을 대할 때 유독 더 그렇다. 교양 있는 사람들 틈바구니에서 살아가는 쪽이 훨씬 낫지만, 그런 교양이 변명거리처럼 작동하는 것을 제외하고 그렇다는 얘기다. 미소 띤 얼굴과 예의 바른 태도로 누군가에게, 당신은 품격 있는 집단에 적격인 일원으로서 살아가기에 필요한 조건을 충족하지 않으니, 산 호아킨 프로젝트의 분양지를 매입할 수 없다고 설명하는 따위 짓거리 말이다. 대자연에 대한 존중이란 이 산골에 존재하는 가장 민감한 문제점으로 들린다. 다시 말해 대자연은 일종의 신전이고, 인간은 자연을 세속화하는 악마다. 나는 산 호아킨 택지를 사들이는 사람이 오염 물질을 배출하는 공장을 세우려고 그런다고는 생각하지 않는다. 청정하고 산업 시설이 없는 빌카밤바와 같은 환경에서는, 이런 생각과 그보다 앞서 존재했던 관념들이 결합해서 광신주의와 원시적인 숭배 의식의 기미를 풍긴다. 어머니 대자연에 속하지 않는 것은 불결한 것이고, 인간과 인간의 발명품들은 단 한 번도 대자연의 일부였던 적 없이 다른 줄기로부터, 이를테면 죄악의 줄기로부터 뻗어 나왔다는 생각이다. 그게 조금이라도 맞는 소리라면, 산 호아킨은 좋은 사례다.

그 사람들이 생각할 때 천국으로 돌아간다는 것은 다시 순수한 동물처럼 산다는 의미다. 그들은 그렇게 사는 게 그리 녹록하지 않다는 것을 깨달아야만 할 것이다. 선악과를 맛보려 한 사람이라면, 순수한 동물처럼 사는 것은 우리에게 천국에 있는 것 같은 기분을 별로 주지 못하리라는 것을 안다.

이사벨 아기레 루이스는 빌카밤바가 선물한 건강한 삶에 대한 보답으로 이제는 자신이 뭔가를 되돌려주고 싶어 한다. 그래서 일주일에 두 차례, 정원에서 가장 시원한 자리인 하얀 등나무 아래로 백세인 여성들을 모신다. 그들은 느긋하게 차미코 담배를 돌돌 말면서 담소를 나누며 오후를 보낸다. 이것은 그들에게 지역 생산품을 제조하는 일자리를 마련하는 방법이요, 그들이 활동 곧 사회적인 활동을 유지하게끔 하는 방법이기도 하다. 여성 노인들은 별 도움도 필요 없이 능숙한 솜씨로 담배를 마는데, 어느 누구도 류머티즘에 시달리지 않을뿐더러 앞으로도 시달리지 않을 것이다. 게다가 돋보기를 쓰지도 않고 — 이것은 진정 부러워할 만한 점이다 — 담배 마는 일을 한다.

햇빛에 바싹 마른 종이에 차미코 풀을 마는데, 먼저 담배의 풍미를 돋우려고 꿀을 살짝 바른다. 그렇게 하여 그들은 돈을 벌 수 있다. 차미코는 잘 팔린다. 할머니들은 모임 시간을 엄수한다. 그리고 오후 내내 한평생 함께해온 친구들과 어울려 시간 보내기를 즐긴다. 그건 그렇다 치고, 이 할머니 집단은 자신들 가정에 도움이 되기도 하는 전통 생산품을 제조하면서 나름의 평온한 오후를 보내는 것으로 보이지만, 다른 한편으로는 환각제 제조에 기꺼이 종사하는 할머니 무리처럼 보일 수도 있다. 지역 사회 조직에서는 자연적 삶을 전면에 표방하는데, 그 이면에서는 마약이 생산된다. 그것으로 그들은 마약 세계의 일부가 아니라면 접근할 수 없을 돈을 번다. 모든 환각 물질 가운데 차미코는 가장 중독성이 강하다.

그 둘 중 어느 쪽으로 생각하느냐는, 세상을 읽는 단일한 관점을 취하느냐, 아니면 각각의 개별적인 상황에서 그 내부의 관점을 취하느냐에 따라 달라진다. 첫 번째 관점을 취한다면, 이들 백세인 여성들은 이른바 빌카밤바 마약 카르텔의 일원일 것이다. 하지만 두 번째 관점으로 본다면, 그들은 늘 그렇듯이 앞으로도 계속 빌카밤바 골짜기에서 살아갈 보통 할머니일 것이다. 그런데 하물며 빌카밤바인들에게, 그들이 피우는 물질이 그들의 건강을 해칠 수 있다고 말할 권한을 누가 가지고 있겠는가? 하지만 그러는 사람이 존재한다. 언제나 누군가는 존재하게 마련이다.

.27

오전 11시의 마을 중앙 광장. 따뜻한 날이다. 사실 매일매일 따뜻하다. 기후는 겨울에서 여름까지 아주 살짝 변화한다. 포근한 날씨와 미미한 기온 변화는 장수하는 데 이바지할 법한 이유 목록에 포함된다. 뭔가의 이유를 찾을 때는 뭐가 되었든 이유가 될 법한 모든 것이 다 동원되게 마련이다. 지구상에 기온은 동일하나 기대수명은 낮은 다른 장소들이 있을지라도 말이다. 그래도 어쨌든, 기온이 10도 이하이거나 40도 이상인 것보다는 22도인 것이 장수의 관건으로서 주목하기에 더 적합하다.

내가 지금 앉아 있는 벤치에서 가게가 하나 보이는데, 가게 출입문 위에 '엘 롱헤보 미니마켓'*이라고 또렷하게 쓰여 있는 간판이 붙어 있다. 교회 문 앞에서는 여자아이 하나가 하늘색 아이스크림을 먹고 있고, 채 네다섯 살이 안 된 사내아이 하나는 어느 백세인을 부축하며 교회 계단을 내려오고 있다.

일요일이다. 마을의 일요일이다. 오전 미사가 열리고 반짝

★ 엘 롱헤보(El Longevo)는 '장수하는 사람'이라는 뜻이다.

거리는 구두들이 바삐 오간다. 흰 셔츠를 입은 남자들과 알록달록한 원피스를 입은 여자들이 분주하다. 검은 옷을 입은 여자들이 몇몇 눈에 띄었지만 매우 적은 수에 불과했다. 사람들 말로는, 이곳에는 과부보다는 홀아비가 더 많다. 배우자가 죽어서 홀로 남게 되는 여자들은 상복을 입는 것이 관례다. 반면 장수하는 남자들은 젊은 아가씨들을 찾으러 다니는 데 능숙하다.

교회 길 건너편에는 청소년들 한 무리가 검은색 가와사키 오토바이를 상당히 마뜩찮게 만지작댄다. 그중 한 명이 오토바이에 올라타고 시동을 건다. 다른 소년들에게는 부러움의 대상이자, 부모에게는 걱정거리다. 교회 문간에는 결혼식을 앞둔 신부처럼 순백색 차림으로 긴 치마를 입은 여자가 서 있다. 그녀는 만약 수녀가 되지 않았다면 삶이 절망스러웠을 것이다. 그녀가 입은 수녀복은 젊은이들이 교회 활동을 하러 모여들게 만든다. 다들 천지 창조를 기뻐해야 하고 무엇보다도 감사할 줄 알아야 한다. 최선을 다해 즐기되 절제도 알아야 한다. 마을에 지금 막 도착한 한 일본인 여성 여행객이 근처 벤치에 앉아서 다친 다리를 스스로 치료하고 있다. 이제 막 미사가 끝났고, 교회에서 사람들이 우르르 나오고 있다는 것이 그녀에게는 중요하지 않다. 그녀에게 중요한 것은 자기 동료들이 무심하고, 어느 누구도 자신이 입은 상처가 얼마나 중한지 알아주지 않는다는 점이다. 늙은 '히피' 한 명이 길을 건넌다. 빨간 바지를 입고 노란 야구 모자를 쓴 노인이다. 열다섯 살가량 된 아이들 넷이 그를 보며 낄낄댄다. 아주 잠깐 그렇게 비웃더니, 손아래 누이들이 자기들 무리에 끼지 못하게 하고 저희들끼리만 속닥거리는 데 마냥 집중

한다. 이 산골에서 이름이 자자한 한 장수인, 세군도 게라Segundo Guerra가 당나귀 등에 올라타고 지나간다. 심술궂은 아흔여덟 살 노인이다. 나를 보고 내가 망원 렌즈가 달린 카메라를 가지고 있다는 것을 알아차린 순간, 그는 담배를 던져버리고 모자를 푹 눌러써 얼굴을 가린다.

탑차 한 대가 악취미를 뽐내며 광장을 전세내고 있다. 사이렌을 울리며 길을 막아섰는데, 오가는 자동차가 거의 없기 때문에 교통을 방해할 정도는 아니다. 탑차는 '국영 복권'과 '백만장자의 샘'이라는 두 가지 글귀가 적힌 비닐 천막으로 덮여 있다. 불과 몇 분도 안 되어 무대가 만들어지고, 젊은 아가씨 둘이 앞코가 뾰족한 하이힐을 신고 나와서 엄청난 상품과 현금과 가전제품을 손에 넣을 수 있을 기회라며 판촉에 열을 올린다. 내기를 거는 시간이다. 마을 사람들을 한데 모으기 위해서 오랜 시간이 필요하지는 않다. 이제 충분히 많은 사람이 모여들었다고 여겨졌을 때 탑차 운전사는 마이크의 주인으로 변신한다. 사람들은 저마다 호주머니에서 복권을 꺼내고, 숫자들을 기억한다. 다들 정신을 집중한다. 고요가 흐른다. 하지만 남자는, 당첨자를 공표하기는커녕, 두 눈을 감고 노래를 부르기 시작한다. 노랫소리가 아주 우렁차다. 남자는 무대 위로 오르기 전에 옷을 갈아입었기에, 지금은 탑차의 장식과 어울리는 번쩍거리는 무대 의상을 입고 있다. 또한 왜 썼는지 도무지 알 수 없는, 그에게 전혀 어울리지 않는 커다란 뿔테 안경도 쓰고 있다.

그가 그런 공연을 허가받기 위해서 동료들을 어떻게 설득했을지 자문해 보았다. 이러고저러고 입씨름이 벌어질 상황은 분명 아니어야만 했을 것이다.

어떤 사정이 있었는지까지는 알기 어려워도 어쨌든 그는 노래를 굉장히 잘 부른다. 허스키한 목소리로 부르는데 반주도 필요 없다. 무대 장치는 그의 공연에 아무런 도움이 안 된다. 소음, 복장, 추첨이 모두 다 남자와 겨루기라도 하는 것 같다. 남자의 노랫소리는 마음을 요동치게 한다. 다른 사람들에게는 어떤지 몰라도, 나한테는 성공했다. 두 눈을 감고 노래를 들으면 경이로운 순간을 보낼 수 있을 것이다. 아니, 그가 부르는 노래 자체가 아주 슬픈 노래다. 한 여자 때문에 절망한 남자의 이야기다. 이 마을에서 저 마을로 돌아다니려면 뭔가 그럴 만한 이유가 있어야 한다. 그 이유가 단지 국영 복권이나 백만장자의 샘을 파는 것이어서는 안 된다. 어쨌든 남자가 부르는 노래는 너무도 서글프다.

빅토르 말로는, 일본 교토대학의 야모리 유키오 교수가 바로 이 광장으로 사람들을 불러모았던 날, 마을 사람 거의 대부분이 불려 나왔다. 야모리 유키오는 정말로 영향력이 있는 의사다. 일본의 대학에서 정교수로 재직하고 있으며 하버드대학의 외래교수로도 활동하고 있다는 점은, 좋은 건강을 유지하는 방법에 관한 그의 이야기를 강력하게 뒷받침하는 권위의 근거가 된다. 그는 오키나와의 장수인들을 연구했고, 동맥경화의 발병을 늦추는 생활 습관에 관한 이론을 정립했다.

야모리 유키오는 그 열쇠가 식이 요법에 있다고 주장한다. 결론 부분이 독창적이다. 매일 생선 100그램과 콩 25그램을 섭취하며 소금은 전혀 먹지 않아야 한다는 것이다. 그는 빌카밤바에 와서, 자신의 주장에 부합하지 않는 몇 가지 데이터와 마주쳤다. 오키나와 섬과 달리 이 산골에서는 여자 장수인보다 남자 장수인의 수가 더 많으며, 생선은 거의 먹지도 않고, 일식 요리법도 모른다는 점이다. 게다가 음식에 소금도 거리낌 없이 척척 넣는다. 그럼에도 빌카밤바인들의 혈압은 오키나와 사람들보다 눈에 띄게 낮았으며, 빌카밤바인들 사이에서 혈압 관련 경색증은 정말 보기 드문 병증이다. 그는 이 모든 것을 어느 통역자를 통해 알게 되었다. 안타깝다. 만일 내가 당시 그 자리에 있었더라면 야모리 박사와 일본어로 대화할 수 있는 좋은 기회가 되었을 텐데.

지금 막 도착한 레닌은 야모리 박사가 모든 연구를 끝내고 제 나라로 돌아가기 전에 이 광장에서 빌카밤바 사람들에게 열변을 토했던 것을 기억한다. 박사는 사람들에게 이 시간 이후로는 음식에 소금을 넣는 행위를 당장 그만두라고 당부했다. 빌카밤바인들이 섭취하는 소금 양은 적정 수준을 크게 웃도는 양이었다. 그것이 야모리 박사의 조언이었다. 실로 오랜 연구 끝에 얻어낸 결과였던 데다가, 그 효과가 이미 여타 나라에서 실질적으로 입증되었기에 빌카밤바 사람들에게도 똑같은 조언을 했던 것이다.

맞다. 예방은 필수적이며, 피하는 게 마땅한 위험 요소들은 분명 존재한다. 그러나 빌카밤바는 그런 여타 나라가 아니다. 빌카밤바에서는 다들 소금을 다량으로 섭취하지만 혈압이 낮다. 그럼에도 권하는 말은 똑같다. 소금기 없이 먹을 것. 연구 결과들은 중요하지 않다. '소금기 없이 먹어야만 한다'는 말은 일종의 질서를 세운 문장이다. 이 말은 잘 기능하며, 이 말을 거듭하는 것만큼 안심되는 일이 없다.

소금을 거의 먹지 않으면 혈압이 호전되고, 심장에도 좋다. 소금을 많이 섭취하는 사람들은 그렇지 않은 사람들보다 오래 살지 못한다. 하지만 일정한 기조를 유지하면서 그 기조가 언제나 그대로 들어맞기를 강제하고 싶어 하는 태도는, 이 산골에서 정말로 일어나고 있는 일을 제대로 보지 못하도록 우리 두 눈을 가리는 짓이다.

잠시, 빌카밤바의 노인들이 섭취하는 일상식이 고혈압과 동맥경화를 막아준다고 생각하는 사람들의 견해에 동의해보자. 하지만 그것이 백세인 대부분이 완벽한 치아 상태를 유지하고 있는 까닭까지 설명해주지는 않는다. 양호한 동맥 상태가 치아까지 지켜주지는 않는 것이다. 치아가 노화하는 것은 또 다른 과정이다. 만일 그 과정에 백발노인들이 백 살 나이에 머리카락의 색을 되찾는 것까지 더해지고—그건 혈액 순환에 달린 것이 아닌 다른 무언가일 것이고—, 돋보기 없이도 글을 읽으며, 뼈에 관계된 문제로 고통을 겪지 않는다는 것까지 합쳐지면, 적어도 한 번쯤은 건강식이 인생의 전부가 아니며, 더구나 빌카밤바의 경우에는 그것이 장수를 증명해낼 가장 적절한 근거는 아니라고 생각하는 편이 낫다.

반면 노화라는 것이 다른 질병과 마찬가지로 일종의 병증이라고 생각한다면 다른 시각을 가질 수도 있을 것이다. 모든 사람이 겪는 일이라고 해서 노화를 한 가지 질병으로 간주하지 말란 법은 없다. 외부 세계와 접촉도 없이 비타민 B_3가 부족한 지역에 갇혀 사는 사람들은, 비타민 B$_3$가 부족하기 때문에 생기는 한센병을 인간이 이해할 수 있는 영역 너머에 있는 운명에서 비롯된, 자연적이고 피할 수 없으며 본연적인 고통이라고 믿는다. 우리는 언제나 현실의 한 단면만을 보고, 그 부분만으로 우리가 할 수 있는 대로 정리해버리고 만다.

만일 노화가 다른 질병들처럼 병증이라면, 아마 빌카밤바에서는 그 병이 고쳐지거나 최소한 호전된 것이리라. 그래서 동맥·치아·머리카락, 이 세 가지는 서로 다른 나이 듦의 메커니즘으로 건강한 상태를 나타낸다.

'소금 없이 먹어라'라는 말은 좋은 충고로 기능하지 않는다. 안심시키는 효과는 있지만, 장차 일어날 일을 인지하지는 못하게 한다. 과학은 진보할 때 격변을 유발한다. 우리를 익숙한 편리함에서 끄집어내고, 우리가 세상을 보는 방식을 뒤흔들어야만 하며, — 그 순간까지 우리의 현실이었던 — 이 세상이 최면성을 띤 환영에 불과하다는 것을 깨우쳐야만 하기 때문이다.

하지만, 빌카밤바 바깥에 사는 사람들은 소금을 먹지 않는 편이 낫다.

나는 레닌에게 미사에 꼬박꼬박 참석하는지 묻는다. 그는 아니라고 말한다. 그는 자신이 지은 죄 때문에 형벌을 받는 것도 싫고, 지옥에 갈까 무서워 벌벌 떠는 것도 싫다고 한다. 그러기에는 다 큰 어른이다. 빅토르는 마을에서 신자 수가 점차 줄고 있으며, 교회에 나가는 사람들은 나이 많은 노인네들이라고 생각한다. 젊은이들은 스스로를 죄인이라거나 벌을 받아 마땅하다거나 지옥이 두렵다고 느끼지 않는다.

그 이야기를 듣고, 그런 자기 억압을 모두 교회 탓으로만 돌리는 것은 조금 부당한 일이 아닌지 나는 내내 생각했다. 종교가 오랜 세월에 걸쳐 지속되었다면, 그것은 그 종교가 무언가를 만족시켰기 때문이다. 우리는 우리에게 걸맞은 것을 쫓아간다고 여겨지지만, 사실 그렇지가 않다. 우리의 본성이 행복을 찾는 것이라면 우리 모두는 행복할 것이다. 그렇지만 우리는 늘 원하던 것을 갖게 되었을 때, 그것이 우리에게 왔든 아니면 우리가 그것을 쟁취했든, 또다시 깊은 슬픔을 안게 되리라는 것을 안다. 우리는 근사한 시간을 보내기를 바라지만, 죄, 형벌, 그리고 지옥이라는 관념에도 어느 정도 끌린다. 잘 생각해보면, 천국은 지옥과 다르기보다는 매우 유사하다. 아무 일도 일어나지 않으며, 모두가 모두와 함께 즐거운 장소다. 하지만 셋째 날에는 살아 있다는 것이 이상하게 느껴지기 시작할 것이다. 지옥에 간다 해도 마찬가지다.

과학은 우리가 항상 해왔던 똑같은 이야기를 오늘 다시 되풀이하도록 허락한다. 우리가 현대적이고 선구적인 사람들이라는 착각을 곁들여서 말이다. 예를 들어, 현대의학은 성행위가 건강에 좋다는 의견을 지지한다. 충만한 성행위를 위한 수많은 정보가 회람된다. 정해진 방식과 어떤 일정한 횟수로 성행위를 하지 않는 사람은 무지한 사람으로 여겨진다. 현대 사회에서 기본을 모르는 사람이란, 쾌락을 즐길 줄 모르는 사람이다. 성생활과 그 이로운 점들에 대한 의사들의 조언은 쾌락을 누릴 권리를 되찾아주었다. 의사들은 아주 세세한 것까지 조언하지는 말고 그쯤에서 그쳤어야 했을지 모른다. 지금 그들은 인생에서 중요한 인물이 되려면 정해진 방식을 즐기라고 모든 사람에게 강요하려 든다.

다른 한편으로, 만일 성행위가 건강에 좋다면 육체적 순결은 어떻게 정당화할까? 신은 의학과 대적하게 된다. 흑과 백의 대치. 선善 대 복지. 성행위와 건강이 연결되면서 대중은 종교로부터 멀어졌다. 하지만 금욕처럼, 죄와 두려움은·인간 고유의 성향에 따른 것이고, 교회가 그것에 대해 인간에게 하라 마라 할 자격이 더 이상 없을 때, 인간은 의학과 의학이 경찰처럼 통제하는 영역에서 생존을 위한 또 다른 방법과 만난다. 대부분 그것을 식이 요법이라 부른다.

건강식에 대한 끈질긴 강요가 내 입맛을 뚝 떨어지게 할 것
이라고 짐작했던 때가 있었다. 그러나 그렇지 않았다. 마드레 티
에라의 요리는 훌륭하다. 환자식이지만 좋은 음식이다. 맛있다.
백세인들이 먹는 것과 똑같지는 않지만 언제나 건강식이다. 나
는 요리사에게 얘기해서 아버지를 위한 식단을 준비해달라고 부
탁할 수도 있을 것이다.

아버지가 식사하는 모습을 마지막으로 봤을 때, 아버지는
침대에 앉아 목에 턱받이 수건을 대고 있었다. 으깬 간과 호박을
섞은 음식이 나왔다. 아버지는 입을 벌리고 숟가락을 기다렸다.
그리고 과장된 입놀림으로 음식물을 어기적어기적 씹었다. 마치
참 잘 먹었어요, 하고 모두가 박수쳐 주기를 기다리는 어린애처
럼 말이다. 아버지를 돌봐주는 여자는 아버지가 한 입 먹고 나면
아버지의 입 언저리를 닦아주었다. 우리 아버지는 마치 내용물
을 반드시 검사하는 것이 마땅하다는 듯 불신의 눈초리로 음식
그릇을 쳐다봤다.

나는 아버지에게 왜 혼자 힘으로 먹지 않느냐고 물었다.

"팔은 움직일 수 있잖아요. 혼자서 잡쉬보세요, 아버지."

여자는 엉거주춤 한 손으로 그릇을 받친 채로, 다른 손으로 수저를 뜨는 도중에 멈칫했다. 나는 그 둘을 놀라게 했다. 그 둘을. 나는 아버지와 아버지의 공모자를 난감하게 만들었다.

나는 어정쩡한 순간을 이용하여 간병인에게는 아버지에게 숟가락을 넘기라고, 그리고 아버지에게는 당신 손으로 직접 드시라고 말했다.

아버지는 수저를 집어 들었고 별 어려움 없이 먹었다. 같은 동작을 여러 차례 되풀이했다. 짧은 구간의 단순 반복이었다. 여자는 여전히 그릇을 들고 있다.

"근데 아버지, 저쪽 손은요? 그 손으로 그릇을 받쳐 드시지 그래요?"

나는 아버지를 성가시게 하고 있었다. 아버지는 짜증난 기색이 역력했다. 그런데도 아버지는 잠자코 있었는데, 다 아버지를 위해서 하는 말이라는 걸 알기 때문이었다. 하지만 아버지는 달가워하지는 않았다. 아버지는 당신이 평생토록 지켜왔던 곳에서 어느 누구라도 자신을 끄집어내는 걸 원치 않았다.

나는 아버지에게 설명을 좀 해보라고 한다.

"왜 남이 떠먹여 드려야 잡수세요? 왜 스스로 드시지 않아요?"

아버지는 남들이 도우려고 할 때 구태여 도움을 거절하지 않겠노라 대꾸한다.

노인병학의 기본을 아버지에게 큰 소리로 읊어야 할 순간이었다. 아버지는 내가 아들이 아니라 의사이길 원했을까? 어쨌든 이제 아버지는 내 말을 들어야만 한다.

움직이지 않는 신체 부위는 위축되게 마련이에요. 움직이려고 애쓰고 노력하셔야 했어요. 자신의 건강, 삶의 질, 그리고 미래를 위해서.

하지만 나는 아버지에게 아무런 말을 하지 않았다. 아버지 마음의 평안을 해칠까 봐 염려스러웠기 때문은 아니었다. 아버지가 앞으로 어떻게 될지 말하지도 않았다. 나는 사실 무척 화가 나 있었다. 마치 아버지가 정의 앞에서 고발되고도 남을 속임수를 쓰기라도 한 양. 마치 유독 나를 괴롭히고 싶어서 속임수를 썼고, 누군가가 아버지더러 늙어버린 건 아버지 당신 책임이라고 언명이라도 해줄 수 있는 양 말이다. 그래서였을까? 아니다. 그것도 아니다. 다른 것이다. 내 마음에 들지 않는 그것, 누군가가 내 코나 눈매를 바라보면서 나를 아버지와 비교할 때 나를 발끈하게 하는 무언가 때문이었다.

왜냐하면 나는 우리 아버지가 아니기 때문이다. 그걸 다 알면서도 다들 내 모습에서 번번이 우리 아버지를 참 잘들 떠올린다. 딱히 더 좋지도 더 나쁘지도 않다. 아버지는 아버지의 성격을, 나는 나의 성격을 가졌을 뿐이다.

자식들이 필연적으로 부모의 과거 모습을 쏙 빼닮은, 살아 있는 초상이라는 생각은 파괴적인 생각이다. 중년배 사이에서 돌고 있는 가장 무서운 생각이다. 누구 머리에서 그런 생각이 떠올랐는지는 모르겠지만, 악취미적인 농지거리에 솔깃한 누군가였을 거라 확신한다.

아버지의 위급한 병증은 나를 아들의 자리에 계속 머물도록 요구한다. 하지만 어느 누구도, 끈질기게 그 자리를 고수하는 경우를 제외하고는, 오직 아들이기만 한 것이 아니다. 오로지 남편, 아내, 이혼자, 희생자, 일하는 자, 외로운 영혼의 소유자이기만 한 사람은 없듯이 말이다. 옴짝달싹할 수 없이 그중 한 가지 입장에 매달려 있는 사람은 자신이 할 일을 감추려고 상황을 이용하는 것이다.

모든 걸 다 이해하게 될 때까지, 나는 아버지가 스스로 식사를 하시게 애쓸 것이고, 으깬 간을 곁들인 호박 요리보다 더 부드럽게 아버지를 대하도록 노력할 것이다.

나는 기적적인 치료를 믿지 않는다. 어떤 진단이 상상력이나 자신감에 지나치게 호소할 때 내심 걱정이 된다. 내 생각에는 대체의학이 환상적이긴 해도 건강한 사람들만을 위한 것 같기 때문이다. 사람들이 나한테 에너지테라피에 관해 조언을 구하면, 장차 대단히 유용한 치료법이 될 수 있을 텐데, 특히 기계를 콘센트에 연결하지 않고도 가능하게 된다면 그럴 거라고 얘기해 준다. 다른 사람들과 마찬가지로 나 역시, 난치성 말기 환자였지만 마법처럼 깨끗하게 완치된 사람들이나, 이 병원 저 병원 전전하다가 결국 대체의학 치료를 결심하고 나서 좋은 성과를 얻었다는 수많은 사례를 안다. 하지만 응급 상황이 발생한 후 가장 회의적인 순간에 이르기까지 선택할 수 있는 경우의 수 가운데서 영순위로 고려되는 것은 바로 병원 응급실행이다. 아픔이 극심하거나 위험하다는 예감이 절박하면, 선입견은 사라지고, 의사에게 달려가게 된다. 의사는 진지하고, 무뚝뚝하고, 깐깐하며, 인정머리도 없고, 가끔은 거만하기도 하지만, 죽음이 페널티킥을 차올리더라도 그 골을 너끈히 막아낼 수 있으리라 믿어지는 유일한 사람이다.

대체의학 치료는 일종의 반란이다. 공식적인 의학 지식의 거대하고, 난해하며, 숨 막히는 장치에 맞서는 치료법이다. 건강으로 접근하는 가장 예술적인 길이며, 건강으로가 아니라면 적어도 균형으로 접근하는 길이다.

몇 년간 나는 도심에서 꽤 멀찍이 떨어진 병원들에서 일했는데, 그런 병원에는 대체치료법을 권고하는 사람이 꼭 하나씩은 있었다. 기적적인 성과를 거둔 일화가 넘쳐났다. 의사에게 갈 필요도 없었다. 의사들이 이루지 못하는 성과가 특정인들의 손에서 그들만의 치료 기술로 이뤄지니, 구태여 의사를 찾아가지 않아도 된다는 것이었다. 그런 치료사들은 유명해졌다가, 서너 번째 불운이 지나고 나면 인기가 시들해졌다. 처음 몇 차례 닥친 불운은 우연이라고 간주된다. 누구에게든 일어날 수 있는 그런 것 말이다. 하지만 치료사들이 미묘한 문제들에 만용을 부리게 되면, 그제야 환자들은 더 적어진 치료 가능성과 더 심해진 병증을 떠안고 병원으로 찾아오곤 했다.

그때부터 나는 실제 병증에서는 상상적 치료의 재앙을 받느니 차라리 우리 의사들이 저지르는 실수가 더 나은 것 같다고 생각하게 되었다. 상상적 치료는 어쩌면 예후가 좋았다고 알려진 몇 안 되는 사례 때문에 매력적일 테지만, 예후가 좋지 않았던 많은 사례가 있다.

의학이 모든 것을 풀어낼 해답을 가졌다는 뜻은 아니다. 정반대다. 어떤 경우에는, 공식적인 의학이 대체 치료처럼 기능하기도 한다. 공식적 의학이 알려지지 않은 곳에서, 그리고 공식적

의학의 영역이 아닌 곳에서 뭔가를 가르치고자 할 때 그렇게 된다. 감정적인 문제, 성性적인 문제로 인한 불화, 혹은 가족 내의 문제를 해결하기 위해 조언을 하면서 의사는 언제나 비참하다. 대학교는 그런 부분을 해결할 요량으로 의사를 양성하지 않는다. 그럼에도, 의학은 의견을 내는 데 익숙하다. 대체 치료가 하는 일과 똑같은 일을 한다. 잘 몰라도 말을 한다.

빌카밤바에서 주민의 복지는 세 사람의 손에 달려 있다. 사제, 의사, 그리고 주술사. 그들 각자에게는 정해진 자리가 있다. 그들은 지구상에서 가장 성공적인 협력체가 되어야만 한다. 만일 우리가 뜬소문은 피하고 결과만을 따른다면, 이 세상에는 그들이 이룩한 것을 달성할 국가도, 어떤 선진적인 의료기관도 존재하지 않는다. 어떤 곳도 그렇게 건강하게 장수하는 인구를 유지하지 못한다. 통계 자료라는 확실한 결과물을 토대로 정확하게 말할 수 있는 사람들은 선망의 대상이 된다.

빌카밤바의 주임 신부인 후안 이달고Juan Hidalgo가 나를 자신의 집무실에서 맞이한다. 책상이 하나 있고, 팔걸이의자가 두 개, 그리고 자그마한 티 테이블이 하나 있다. 이달고 신부는 전화 통화를 해야 한다며 잠시만 기다려달라고 한다. 큼지막한 검은색 플라스틱 전화기의 수화기를 집어 든다. 전화기는 자수를 놓은 손뜨개 받침 위에 놓여 있다. 신부는 마을 사람 누군가와 통화했는데, 내용을 얼추 들어보니 그쪽에서 올 수 없다면 오늘이고 내일이고 자신이 직접 찾아가겠다는 말이다.

"신앙이 있는 주민들인가요?"

"별별 사람이 다 있죠. 아주 신앙이 깊다고는 할 수 없어도,

마을은 교회를 중심으로 유지됩니다."

"외부인들은요?"

"외부에서 오신 분들은 대부분 무신론자이거나 다른 종교를 가지고 있지만, 다들 존중할 줄 아는 분들이라 우리와 아주 좋은 관계를 유지합니다."

내가 던지는 모든 질문에 대해, 주임 신부는 진지한 표정으로 교회를 대표하는 자기 역할의 책임을 다하며 대답한다.

부차적인 사항이 하나 있다. 누구든 절대로 그냥 지나치지 못하는 점이다. 후안 이달고 신부가 라틴아메리카 대중 음악계에서 가장 널리 알려진 한 인물과 놀랄 만큼 판박이라는 점이다. 옷 입는 스타일을 포함해서 말이다. 둥그런 목깃, 까만 가죽으로 된 짧은 카디건. 그가 만일 내게 녹음기를 꺼달라고 하면서 자신이 그 유명한 팝스타와 쌍둥이라고 고백한다면, 나는 두말도 않고 그의 말을 덥석 믿을 것이다. 그러다 보니 나는 대화에 집중하는 데 애를 먹었다. 이달고 신부가 하는 이야기는 그와 연결되어 있는 그림, 곧 눈앞에는 수많은 관중을 놓고 뒤에는 코러스 걸들을 둔 채 몸을 흔들며 춤추는 모습과는 어울리지 않는다. 내가 생각하고 있는 팝스타와 닮았고—그렇게 인식하지 않는 것 자체가 불가능하다—, 그 점이 이달고 신부를 한층 더 위엄 있게 만든다는 인상이 들었다. 나는 국영 복권의 당첨 번호를 알리던 사람 때문에 그런 연상을 했던 것이다. 에콰도르 전체가 나를 음악적으로 확장시키고 있는 것 같았다.

별것도 없던 빌카밤바로 백세인들을 만나보겠다며 기자들과 연구자들이 구름 떼처럼 몰려오면 마을의 사제들은 걱정이 된다.

"꼭 주의하겠습니다."

나는 신부에게 말한다.

후안 이달고는 나한테 기쁜 미소를 지으며 고개를 끄덕인다. 이제 나는 확신한다. 그는 분명히 그 스타와 쌍둥이다.

"그렇게 많은 사람들을 끌어들이는 것은 무엇이라 생각하세요?"

"아무도 죽고 싶지 않으니, 그것이 첫 번째 이유죠. 그리고 감춰져 있어서 잘 알려지지 않은 것이나 불가사의한 것에 중독되어들 가는 것으로 보여요."

나는 그가 말하는 것과 그의 일상 업무를 연관 짓는 말은 전혀 하지 않을 것이다. 대신 그에게 백스무 살인 부모를 둔 아흔 살의 사람들은 어떻게 행동하는지 묻는다. 그들은 어떻게 제 부모를 돌볼 준비를 하나요?

후안 이달고는 팔걸이의자에 몸을 깊숙이 기대고 나를 쳐다본다. 더 명확히 설명하거나, 말을 바꿔 다시 얘기할 필요는 없다. 내 질문이 사적인 질문인지, 내가 빌카밤바에 해답을 구하려는 조바심에 젖어서 왔는지 신부님이 캐내려 하지 않기를 바란다. 혹시나 묻는다면 나는 그래서 온 것이 아니라고, 그저 단순한 여담이라고 대답할 것이다. 말 그대로 그저 궁금해서 물어보는 거라고 말이다.

"방법이 딱 하나 있습니다. 다들 많은 자식을 두고, 그 많은 자식들이 합심하여 부모를 돌보는 거죠. 자식들 하나하나가 조금씩 힘을 보태 부양하는 겁니다. 돌보는 것도 조금씩, 돈도 조금씩, 관심도 조금씩 말입니다. 해야 할 일을 나눌 줄 안다면야 아무도 과잉 책무를 떠맡지 않습니다. 물론 모든 노력의 양이 다 똑같지는 않겠습니다만, 자식 한두 명보다는 일고여덟 명이 부양 책임을 맡는 쪽이 한결 더 나을 공산이 크죠. 많은 자식을 둔다는 것은 형제가 많다는 뜻도 되니까, 늙어서도 생존할 수 있는 자연적인 방식입니다."

"자연적이지 않은 방식이 있나요?"

"물론이죠, 부자이면 됩니다."

빌카밤바에서 무려 스물다섯 해 동안 의사 생활을 해온 윌슨 코레아Wilson Correa 박사는 로하에서 마을까지 오가며 진료를 한다. 일주일에 세 번씩 환자와 그 자녀들을 진찰하는데, 이제는 그 손자들까지 살핀다. 병원에는 다른 의사들도 있지만, 윌손 박사만큼 그동안 이 산골에서 치료가 어떻게 이루어져왔는지 잘 아는 사람은 없다고 빅토르는 말한다.

빅토르는 제목을 짓는 데 소질이 있다. '심혈관계 면역 센터', '장수의 원산지', '국제적으로 유명한 예술가들', 그리고 지금은 '마을의 보건에 관한 기억'이라는 표현을 쓴다. 다소 과장해서 말하지 않으면 남들이 이해하지 못할 거라고 여기는 사람들의 어법이다.

오늘은 진료가 없는 날이다. 내게는 최장 생존율을 달성한 환자들을 둔 의사와 만나기 전에 메모를 준비할 시간이 있다. 윌손 박사의 전문가적인 성공에 대해 언쟁하는 것은 불가능하다. 내가 그를 만나도 그와 나눌 수 있는 대화는 결국 학문적 기초에 관해 의사 동료 간에 나누는 이야기 정도가 될 것이다. 얘기 도

🌱 만당고 산

중에 빌카밤바 사람들이 신처럼 생활한다느니 하는 이상한 언급들이 은근슬쩍 끼어드는 일 없이 말이다.

빌카밤바 골짜기를 에워싼 산 가운데 특별한 산이 있는데, 잠든 신들의 산이라고 알려진 만당고Mandango 산이다. 멀리서 보면 산봉우리들이 지평선에 누워 있는 커다란 사람의 얼굴 옆모습 같다. 산이 품은 마술적인 힘의 보호가 장수를 가능하게 하는 한 가지 이유로 기록된다. 잉카 시대로부터 전해 내려온 믿음이다. 원주민들 말로는, 빌카밤바에 터전을 세웠던 잉카인들은 매

우 분별 있는 사람들이었고, 만당고 산에서 솟아나는 은총의 물결을 인식하고 있었다. 인간을 희생 제물로 바치는 것도 잉카의 관습이기 때문에, 나는 잉카인들이 매우 분별 있는 사람들이었다는 말이 무엇을 뜻하는지는 감히 그 원주민들에게 묻지 못했다.

또한 나는 만당고 산이 공기를 '음이온'으로 채우는 효과를 일으킨다고 들었다. 해당 지역의 믿음과 과학적 상식의 보급이 뒤섞여 만들어진 생각이다. 유행을 타며, 노상 확인되는 것이 아닌, 주말판 신문 같은 것을 통해 알려지는 이야기들이다.

화요일 아침에 윌손 코레아 박사는 빌카밤바 병원의 외래 진료소로서 '코키치 오타니Kokichi Otani'라는 일본식 이름이 붙은 에콰도르식 무료 진료소에서 환자들을 진료하는 사이에, 잠깐 짬을 내어 나를 맞이한다. 작은 침상 하나, 유리문이 달린 철제 수납장 하나, 책상 하나, 그리고 의자가 세 개 있다. 흰 의사 가운을 입은 윌손은 나보고 앉으라고 한다.

코레아 박사는 흔히 생각하는 그저 그런 의사가 아니다. 진지하고, 차분하며, 단정한 사람이다. '코레아 박사만큼 우리 마음을 가볍게 해줄 사람은 없을 것'이라는 믿음을 주기에 딱 맞는 인상을 지닌 인물이다. 진료소에는 의료 기구가 전혀 없고, 코레아 박사가 한쪽 호주머니에 돌돌 말아서 넣고 다니는 청진기와 혈압계 정도만 있다. 첨단 기술 장치라고 간주될 수 있는 기계나 기구는 일절 없다. 즉각적인 진단을 내리는 데 쓰이는 최신식 의료 기구는 눈 씻고 찾아보려야 찾아볼 수가 없다. 전기선도 없고 LCD 모니터도 없는 진료실이다. 그런 것들은 없는 반면 창문이 하나 나 있다. 먼지가 폴폴 날리는 널찍한 대로 쪽으로 난 창문이다. 그 창문에서는 무슨무슨 치료 협회들이 다 부러워할 만한 거리가 내다보인다. 영원한 젊음의 대로. 빌카밤바에서 진정한 기술력은 병원 바깥에 존재한다.

"알베르타노 로하스. 127세 남성으로, 제 환자죠. 로하스 씨는 진료소에 오기를 꺼리지만 가족이 그를 데려오곤 합니다. 부인이나 아들 중에 하나, 혹은 손자 중에 하나가요."

윌손은 백세인들에 대해 흐뭇하게 말한다. 마치 어느 로마인이 콜로세움에 대해 말하거나 프랑스인들이 라탱 지구*의 카페들에 대해서 말하듯이 말이다.

"그 환자는 왜 오는 거죠?"

"최근 들어 살짝 치매기를 보여서요. 자꾸 깜박깜박하고, 가족도 알아보지 못했거든요."

나는 집안사람들을 알아보지 못하게 되는 것이 나쁘기만 한 일은 아니라고 생각한다. 내 입장에서 그것은 기쁨을 한 가지

★   파리의 라탱 지구(Quartier Latin)는 명문 대학들이 모여 있는 대학가로, 유서 깊은 장소가 많은 관광 명소다.

이상 안겨줄 우아한 탈출구가 될 수 있을 것이다.

나는 재빨리 셈을 하면서, 만약에 환자의 자식들 수에다가 그 자식들의 자식들 수까지 더해진다면 어느 누구라도 기억하기 어려운 일가친척을 가지게 된다고 윌손에게 말한다. 일종의 의혹 제기다. 알베르타노 로하스는 백스물일곱 살로서 잊어버릴 권리, 아주 오랫동안 축적해온 많은 것을 기억에서 지워버릴 권리를 가졌다.

윌손 코레아 박사는 심장에 문제가 생겨서 찾아오는 사람들, 특히 고혈압으로 찾아오는 사람들이 이곳에서 치유가 된다고 확신한다. 본인이 직접 그런 병으로 찾아온 환자들을 많이 상대했다. 그는 자기가 대단한 치료를 해주는 것도 아닌데, 그렇게 찾아온 사람들이 자연적으로 치유되어 기존의 약은 쓰레기통에 처박힐 형편이 되는 것을 목격했다. 게다가 당뇨병이나 다른 대사 증후군도 거의 발생하지 않는다고 한다.

"골다공증 환자는 없습니다." — 골다공증은 뼈에서 무기질이 많이 빠져나가 밀도가 약해진 것인데, 주로 노인들에게서 자주 발생하는 병증이다. — "암 환자도 없고요."

"하지만 박사님, 각각의 병증은 병리학적으로 다 다르지 않습니까? 병증의 원인과 형태가 다 다른데, 한 가지 병증을 다른 병증과 연결해서 볼 필요는 없을 텐데요."

"저는 제 눈으로 본 것을 얘기하는 겁니다."

그는 나를 설득하지 못한다. 설득할 수가 없다. 빌카밤바에 유일한 물질이 존재한다는 것, 다시 말해 신체 기관의 세포·기능·구조는 전부 다 다르지만 그것과 상관없이 신체의 모든 기관에 작용하면서 어떤 병이든 호전시키는 유일한 물질이 존재한다고 생각하는 것은 별 의미가 없다. 마법 같다. 전지전능한 묘약의 효과 같다.

알약이나 물약을 팔면서 눈병, 심장병, 관절병, 치아병 등을 다 치료해준다고 장담하고, 만약 치료하는 데 다 쓰고도 약이 남는다면 탈모 방지용으로 써도 무방하다며 우리에게 또 다른 선택권까지 쥐여주는 보통 사기꾼이나 약장수들이 하는 이야기와 똑같은 논조다. 지금 생각해봐도 내가 실제로 방문했던 백세인들 가운데 어느 누구도 대머리가 아니었다. 모두들 머리숱이 아주 많은 정도까지는 아니어도 충분하고 품위 있는 머리숱을 지녔다. 게다가 머리색을 그대로 유지하거나, 백발이 되었더라도 다시 검은 머리가 나고 있다. 치아도 자연 치아 그대로 유실된 것 없이 완벽하다. 안경을 쓰지 않고도 글자를 읽는다. 백 살 여성들도 불평 없이 집안일을 한다. 나는 어느 누구에게도 청진기를 대지 않았다. 나는 그들과 나란히 걸었는데, 다들 부러워 마지않은 속도를 유지하며 걷는다. 믿기가 어렵다. 빌카밤바의 4200명 주민들이 외국 투자자를 끌어들여, 하루 스물네 시간 쉼 없이 공연되는 엄청난 연극 작품을 올리려고 협약을 맺은 것이 아니라면 말이다. 다행히도 이 모든 게 연극이라는 생각은 나한테 설득력이 없고, 다행히도 이 모든 게 사실이라는 생각보다도 신빙성이 없다.

그게 아니라면 다른 가능성이 있다. 무언가가 노화를 늦춘다는 것이다. 이 산골에 존재하는 어떤 요소가 신체의 모든 세포에 영향을 주어, 으레 피할 수 없는 것으로 받아들여지는 퇴행

과정을 저지한다. 아마 노화가 치유된다는 것은, 몇 세기 전에 결핵이 그랬던 것만큼 아주 복잡하고 상상할 수조차 없는 일일 것이다.

"빌카밤바에서는 모두들 건강에 좋은 음식을 먹어요."

코레아 박사가 말한다.

자연식 그대로 섭취하는 것, 채소와 잎나물을 먹는 것이 일종의 고문으로 변하고 있다. 나는 샐러드에 관한 이야기를 들을 때마다 등골이 오싹해지는 것을 느낀다. 채소는 나를 점점 더 숨기기 힘든 치명적 짜증으로 몰아간다. 오늘 밤에 마드레 티에라에서 열여덟 가지 허브를 섞은 음료를 마시고, 자연식 유기농 채소 음식으로 저녁 식사를 할 거라고 생각하는 것 자체가 나한테 알레르기 반응을 일으킨다. 나는 공기 중의 산소마저 나한테 독이 되고 있다고 생각한다. 한 번 깊이 숨을 내쉬고, 다시 한 번, 그리고 또 한 번 더 숨을 고른다. 이제 괜찮다. 좀 더 낫다.

"미안합니다, 박사님, 제게 말씀하신 것, 박사님의 경험에 동의합니다. 장수하려면 무엇을 해야 하죠?"

"제가 말씀드린 그대로, 여기서는 다들 오염되지 않은 건강한 음식을 먹어요. 아침에 건강한 식사를 하는 것이 큰 도움이 됩니다. 공기도 깨끗하죠. 이 지역에서 자라는 '윌코wilco' 나무는 빌카밤바의 특산 나무로서 산소를 뿜어내 공기를 정화해주죠. 또 가족도 있죠. 가족 간의 유대 관계가 무척 강해요. 한 집안의 가장은 존중받고, 모든 가족의 결속을 유지하는 중심 구실을 합니다. 혼자 힘으로 스스로를 돌볼 수 있더라도, 언제나 누군가가 옆에서 함께합니다. 가장은 집안의 우두머리죠. 형제들

159

간의 결속과 가장의 보살핌이 기본입니다."

사랑과 가족이 보편적 위안 기능을 하여 모든 것을 치유하고 호전시킨다면, 환상적일 것이다. 내가 인터뷰한 어떤 노인들은 찾아오는 이 하나 없이 혼자서 산다. 그들은 생산력이 있고 스스로를 돌볼 수 있는 까닭에 충분히 제 한 몸 잘 건사하며 산다. 하지만 그의 삶에는 사랑도 가족도 없다. 세상만사와 그저 평화롭게 어우러져 살지도 않는다. 예를 들어, 마누엘 피코이타는 식구들이 자신이 원하는 바대로 산을 돌보지 않으면 화를 버럭버럭 내는 경향이 있다. 세군도 게라는 최악의 중앙아메리카식 유머 감각을 자랑하는 탓에 대하기가 껄끄럽다.

나는 다시 코레아 박사와 이야기한다.

"실례지만 박사님, 길거리에서 기거하는 백세인을 한 명 봤습니다."

"네, 하지만 빌카밤바는 기후가 좋고, 그분들은 예외적인 경우죠. 가족은 절대적으로 중요한 요소입니다. 예를 들어, 어느 백세인이 죽으면 가족들은 상갓집에서 사흘 동안 밤샘을 합니다. 좋은 사람이었고, 은혜 베푸는 걸 명예롭게 여겼던 사람이었다는 걸 뜻하죠. 명예는 사람들을 더 오래 살게 합니다. 배우자에 대한 배신도, 속임수도, 사기도 없어요."

"천국이로군요."

"바로 그거예요. 여기서 들리는 소리는 하나하나가 다 대자연의 소리입니다. 생각해보세요, 백세인들이 집 밖으로 나와 거닐 때는 기계 장치에서 나는 성가신 소음도 없고, 사람들이 돈 때문에 동분서주하며 시끄럽게 굴지도 않죠."

"그렇다면, 왜 박사님께 진료를 받으러들 오나요?"

"복합 기생충 감염으로요. 시골 사람이라는 소개장이라고 나 할까요. 다들 다양한 종류의 기생충 감염으로 찾아옵니다. 위생 체계는 처참하기 그지없고, 위생적인 돌봄이라는 개념조차 존재하지 않습니다. 누운 채로 용변을 본다는 건 끔찍하죠."

나는 천국이자 신화적 장소이며 우리의 행동을 자각하지 못하는 이곳이 매우 지저분한 장소임에 틀림없다는 사실을 깨달았다. 만일 어떤 사정으로 내가 여기서 살아야 한다면, 나는 맨발로 걷지 않도록 주의할 것이다.

"박사님이 그들을 치료하면 그들은 치유됩니까?"

"치료야 하면 되지만, 처치하는 데 매우 주의해야만 합니다. 한 번 이상 항기생충 약을 처방했는데, 기생충이 제거된 뒤 환자의 상태가 전보다 더 안 좋아졌어요. 마치 대자연에 결속되어 사는 듯이 말이죠."

"다들 몇 살까지 자식을 낳을 수 있나요?"

윌슨 코레아가 양 팔을 옆으로 벌리고는 하늘을 쳐다보면서 한숨을 내쉰다.

"에울로히오 카르피오Eulogio Carpio는 아흔 살 때 훌리아 레온Julia León이라는 젊은 아가씨와 결혼했습니다. 자식을 셋 낳았죠. 카르피오와 얘기를 나누고, 또 카르피오와 비슷한 처지인 많은 분들과도 대화를 나눈 끝에 저는 결론에 이르렀습니다. 백세인들은 매우 빈번하게 아주 양질의 성생활을 영위한다고요."

윌슨은 내게 오직 의사 동료들과만 공유하는 정보를 넘긴다. 빌카밤바에는 발기 부전이 없다.

"백세인과 결혼하고 나서 뭘 좀 처방해달라고 부탁하러 찾아온 여자들이 있었는데, 그들은 자기 남편에게 그걸 먹이려는 것이었습니다. 남편이 자신을 가만히 내버려두지 않아서 그러는 거죠."

"그런데 그게 어떻게 설명되죠?"

"사람들은 과유사 이파리로 차를 만들어 마십니다. 과유사는 소화에 좋고 당분이 낮아요. 예전에는 여자들이 임신이 잘 되도록 돕는 작용을 한다고 여겨졌습니다. 세군도 게라 씨를 주의 깊게 관찰해보세요. 언제나 마을 한복판을 차지하고 있는 90대 남성 말입니다. 성질이 좀 사납고 모난 성격으로, 성미에 거슬리는 일은 가만두지 못하는 사람이죠. 그런데 일단 그가 여자 이야기를 하기 시작하면, 아무도 그걸 멈추게 할 수가 없어요. 그의 유일한 관심사인 것 같아요. 댄스파티에서는 여자 호리는 데 천부적이고, 젊은 아가씨라면 사족을 못 쓰죠. 몇 년 전에 한 백인 여자가 여기 왔는데, 폴란드계인지 독일계인지 기억이 잘 안 나네요. 아무튼 그 여자는《어떻게 백세인과 사랑을 나눌 것인가》라는 책을 쓰고 있었죠. 그녀는 인류학자였는데, 노인들이 자신과 성관계를 갖도록 돈을 지불했답니다."

"그 여자는 오래 머물렀나요?"

"그렇게 오래는 아니었어요. 그녀가 생각했던 것보다 더 빨리 돈이 바닥났거든요."

.31

내가 남자에게 메네세스Meneses 씨냐고 묻자, 남자는 불신이 가득 찬 눈초리로 나를 바라봤다. 대꾸도 않고 한발 뒤로 물러서 더니 나를 머리부터 발끝까지 쭉 훑어본다. 그러곤 곧 그렇다고 대답했다.

빅토르가 메네세스를 어디서 어떻게 만날 수 있는지 알려 주었다. 쉬웠다. 메네세스가 운영하는 가게가 술집 '엘 푼토' 옆 에 있다. 엘 푼토는 히피들의 구역이자, 중앙아메리카의 자연을 실컷 즐긴 뒤 패스트푸드와 익숙한 입맛이 그리워진 젊은 여행 자들이 필사적으로 찾아오는 장소다.

남자는 선심이라도 쓰듯 몇 자 되지도 않는 단어를 어름거 리며 내 질문에 단음절로 대답했다. 나는 그가 왜 그런 식으로 말하는지 몰랐다. 나중에야 알았다. 메네세스는 나 같은 사람들 에게 신물이 나 있었다.

그는 키가 크고 말랐으며, 뒤로 빗어 넘긴 긴 머리칼은 말 꼬리처럼 하나로 묶여 있다. 서른다섯 살이 넘지 않았거나 적어 도 그 또래인 것 같은 옷차림이었다. 색이 들어간 작은 뿔테 안경을 쓰고, 힌두 스타일 바지를 입고 낡은 샌들을 신었다. 외모만 봐서는 친절하고 느긋하며 평온하게 남을 대할 것 같다. 하지만 메네세스는 그렇게 대하지 않았는데, 사람들에게 지친 탓이었다.

메네세스는 선대로부터 내려온 전통의학의 전문가다. 안데스 지역 천 년의 치료법은 물론이고, 밀림의 치료 기술도 심도 깊이 — 처음에는 나라 안에서, 그 뒤엔 나라 밖에서 — 공부했고, 몸과 마음을 정화하고 균형을 되찾아주며 활력을 좋게 해줄 자연의 모든 요소에 정통했다. 그는 전설적인 주술사들이 누구보다도 총애한 문하생이었다. 그는 수년간 그 주술사들을 쫓아다녔고, 그들로부터 배운 삶의 방식을 자신의 삶에 적용할 뿐만 아니라 오늘날 자신을 추종하는 사람들에게도 가르쳤다. 열심히 그 일에 몰두한 결과, 외지인들이 오로지 그를 만날 생각으로 이 마을에 찾아올 지경에 이르렀다.

메네세스는 몸과 정신을 하나로 만드는 수련이 되어 있고, 전통의학도 잘 연마했으나, 자신을 처음 찾은 방문자들이 어김없이 똑같은 질문을 던질 때 그의 목구멍 근육은 잔뜩 오그라들었다.

"선생님, 마약이 있나요?"

메네세스는 자신이 장사꾼이 아니라는 점을 사람들에게 명확히 밝히는 데 중점을 둔다.

"듣기로는 선생님이 밤새 환각제를 파시고, 필요한 시간 동안 함께 있으면서 말벗도 되어주신다던데요."

"그 사람들이 착각한 거예요. 제가 시행한 건 선조로부터 내려온 과학이고, 진지한 치료 의식입니다. 사람들에게 무슨 자연 요법을 쓰든 그보다 앞서 적절한 진단을 내리죠. 병증마다 다 다르니, 몸에 속한 건지 영혼에 속한 건지 정신에 속한 건지 알아야 합니다. 치료는 정화, 세정 또는 보속의 의식을 통해 이뤄집니다."

"좋은 결과가 나왔나요?"

"물론이죠, 저는 수많은 환자를 치료하는 주술사인걸요."

메네세스는 산 페드리요San Pedrillo를 사용한다. 그 지역에서 나는 선인장을 달여 만든 약인데, 환각 효과를 낸다. 그의 말에 따르면, 사람들이 자기 정신과 자기 몸을 직접 관찰할 수 있도록 도와주는 약제다.

"집단적인 목욕재계로 거행되는 야간 의식입니다. 밤새도록 치러지며, 산 페드리요의 효능에 정통한 사람이 인도해야만 합니다."

그것이 바로 메네세스가 할 줄 아는 일이다.

나는 메네세스에게, 자기 스스로를 아는 일에 과연 그런 의식이 소용 있는 것인지 묻는다. 그는 그렇다고 대답한다. 그것이 바로 의식을 치르는 근본적인 목적 가운데 하나다. 그렇다면 그건 나한테 해당되지 않는다. 나는 나 스스로를 알고 싶은 의향이 전혀 없다. 나는 다른 사람들의 의견을 듣는 것만으로 충분하니, 내가 그런 의식에 동참할 필요가 없기를 바란다.

레닌은 겨우 몇 미터 앞에 픽업트럭을 세운다. 나를 부른다. 나는 길을 건너서 차창으로 다가간다. 레닌은 나한테 그 주술사는 외국인들을 상대하는 사람이라고 알려준다. 혹시 내가 원한다면 마누엘 리바스Manuel Rivas라는 사람에게 데려가 주겠노라 한다.

"여기 사람들이 찾아가는 사람이에요."

"마누엘 리바스?"

"네, 마누엘 리바스."

마누엘 리바스의 집은 마을 끄트머리에 있다. 그의 집에 도착했는데, 집 안에는 아무도 없었다.

나는 혹시 부인이나 다른 가족이 있는지 묻는다. 레닌은 리바스의 부인이 이 집으로는 전혀 발걸음하지 않는다고 했다. 그리고 마누엘 리바스는 집을 한 채 더 가지고 있다고 했다. 우리는 픽업트럭을 타고 그의 다른 집으로 출발한다.

장수인들에게 공통되는 특징을 찾을 때는 언제나 똑같은 특징만 드러난다. 운동, 자연적인 생활이 바로 그것이다. 하지만 누구도 언급하지 않는 다른 특징이 있다. 예를 들어 장수인들 모두가 가난하고, 교육 수준이 매우 낮으며, 위생적인 습관이 부족하다는 점이다. 그래서 마누엘 리바스는 많은 환자를 돌본다. 그들은 다 같은 부류다. 어쨌든, 설령 건강한 생활이 장수의 근거가 되지 못한다 하더라도, 한 사회를 이끄는 지도자들의 머릿속에 '가난이 답이다'라는 생각은 떠오르지 않기를 바란다.

마누엘 리바스가 두 군데 집을 가진 것은, 그가 치료 행위를 하는 동안 — 그의 말로는 제의를 올리는 데 필요한 까닭에 — 술을 많이 마시기 때문이다. 그러다 보니 환자들이 계속해서 찾아오면 그가 너무 취해버리게 되고, 그럴 때면 그의 부인은 제 남편을 집 밖으로 쫓아낸다. 하지만 마누엘 본인도 그의 부인도,

마누엘이 주술사 생활을 그만두기를 바라지 않기 때문에, 부부는 마누엘을 위해 집을 한 채 더 마련하기로 합의했던 것이다. 초현대적인 부부라 할 만한 수준의 조치다.

레닌은 마누엘에게 내가 누구인지 설명하고, 그와 나의 직업이 정확하게 똑같지는 않지만, 그 목적은 같다고 말한다.

"의사요?" 그가 묻는다.

"네, 저를 치료하실 수 있어요?"

마누엘은 골똘히 생각한다. 그는 불룩 튀어나온 제 배를 애정 어린 손길로 살살 쓰다듬는다. 야구 모자를 벗고 머리칼을 단정히 고르더니 대답한다.

"내가 당신을 돕겠소, 당신이 나를 도와준다면."

우리는 집의 안마당에 앉는다. 그의 아내는—어림잡아 일흔 살쯤 되었고, 빨간 바지에 회색 티셔츠를 입었으며, 남편이 쓴 것과 비슷한 모자를 썼다—내가 방문한 것에 지나치리만큼 관심을 보이지 않은 채 집안일을 계속한다. 그럼에도 우리의 대화를 들으려고 줄곧 적당한 거리를 유지하고 있다.

나는 어떻게 그를 도울 수 있을지 묻는다. 어쩌면 돈을 요구할지 모른다고 추측한다.

"내가 당신을 도우면, 당신도 나를 도와주시오."

레닌은 이 주술사가 나와 서로 약제를 교환하고 싶어 한다고 명확하게 말해준다. 주술사에게 내가 가져온 약을 건네면, 주술사는 나를 치료한 후 어떤 식물을 선물하겠다는 말이다.

나는 여행을 할 때 꽤 커다란 구급상자를 들고 다니기 때문에 그의 요구에 응할 수 있었다. 하지만 이 사람이 누구한테 내

약을 처방할지도 알지 못한 채, 그리고 무슨 상황에서 이러는지 알지 못한 채 민간요법사에게 약을 줘야 한다니 무척이나 난처한 노릇이다. 차라리 응하지 않는 게 낫다. 나는 응하지 않을 것이다.

리바스는 자신이 원하는 것이 그게 아니며, 돈을 달라는 것도 아니라고 말한다. 어쨌든 나는 그가 나를 돕는다면 나중에 내가 반드시 그를 도와야만 하는지 알아야 한다.

나는 이 상황에 대해 재빠른 판단을 내린다. 먼저 레닌이 내 옆에 있다. 내가 얼른 내빼야 할 상황이 오면 곧바로 그렇게 조치해줄 자동차와 운전자가 함께 있다는 의미다. 리바스 씨는 상당히 나이가 많고, 이론적으로는 내가 힘에서 앞서겠지만, 빌카밤바에서는 과연 그럴지 아무도 알지 못한다. 게다가 그가 엽총을 가지고 있을 수도 있다. 어째서 그는 자신이 원하는 것이 무엇인지 말하지 않는 것일까?

나는 리바스에게 동의한다고, 그러니 나를 치료하라고 답한다. 내가 그에게 말하지 않은 점은 현재 내가 기분도 좋고, 건강 상태도 매우 양호하다는 사실이다.

마누엘 리바스가 나한테 암탉이 갓 낳은 달걀을 한 알 건네준다. 나는 그 달걀을 계속 오른쪽 손아귀에 잘 움켜쥐고 있어야만 한다. 그게 삶은 달걀인지 날달걀인지는 명확히 알려주지 않는다. 지나치게 꽉 쥐면 혹시 터져버리지 않을까 나는 내심 걱정이 된다. 그는 집 안으로 들어갔다가 다시 나온다. 유리컵에 꺼림칙한 색깔을 띤 음료수를 가득 채워 내온다. 좀 더 정확하게 말하자면, 살짝 탁하고 노르스름한 색이다. 내가 지금 하는 일을 과연 계속해야만 할지 자문하게 되는 순간이다. 빌카밤바의 주술사가 어떻게 일하는지 밝히는 것이 장수의 불가사의를 푸는 데 크게 중요한 일은 아니다. 나는 가버리는 편이 더 낫다.

그렇게 단순한 일이 아니다. 만일 내가 아니라고, 그걸로 되었다고, 그 맛없는 음료수는 그냥 보관해두시라고 말한다면, 나는 리바스의 기대를 저버리는 셈이다. 마누엘 리바스를 저버린들 나하고 무슨 상관일까? 전혀. 전혀 아무 상관이 없다. 그런데도 닥친 상황은 나를 홀딱 사로잡는다. 결국에는 '만약 내가 떠나버리기로 하면 기분이 나빠진 마누엘 리바스에게 나는 대체 어떤 사람이 되나' 하는 생각에서 벗어날 수 있을 것이다. 사실 내가 손에 컵을 든 채 이런 질문을 계속해댄다면, 나는 떠나버리는 게 아니라 컵을 떨어뜨리는 것으로 상황을 끝내버릴 공산이 크다.

나는 그더러 먼저 시음해보라고 청했고, 그러고 나서 그걸 마시는 체했다. 순수한 알코올 같은 냄새가 난다. 리바스는 음료를 한 모금 꿀꺽 삼켜버린다. 우리가 음료를 나눠 마셨다고 리바스가 믿게 된 뒤에야 이제 비로소 주술사와 나는 치료를 시작하는 데 합의한 셈이 된다.

그는 차키노, 치체 마니, 붉은색 과랑고 이파리를 한데 묶은 다발을 들고 그걸로 내 몸을 한 번 쓰윽 훑는다. 그러고 나서 그 다발을 바닥에 동댕이치고는 나더러 그걸 발로 지근지근 밟으라고 명한다. 이때까지는 받아들일 만했다. 하지만 그다음에 리바스가 다발을 번쩍 치켜들더니 그걸 내 머리에 내려치기 시작한다. 나는 이 지역의 무속 신앙은, 의학과 마찬가지로, 다른 치료법들보다 더 잔혹한 치료법을 쓴다는 걸 알고 있다.

레닌은 내 얼굴을 보더니 뭔가 말을 해야 할 것 같은 의무감을 느끼고, 이렇게 말한다.

"이분이 제 동료인 친구 두 명을 걷게 만들었어요. 의사들이 이미 손을 놔버린 제 친구들을 마누엘이 일으켜 세웠고, 고통을 잠재웠어요. 지금은 다들 매우 건강하답니다."

"물론이오." 마누엘 리바스가 끼어든다. "난 능력이 있거든. 누구한테 배운 게 아니오. 저 위에 계신 분이 제 아버지시오. 그래서 의사 선생, 나는 당신을 도왔소. 이제 당신이 나를 도울 차례요."

영원한 젊음이 있는 산골의 주술사, 독학자이자 신의 보증을 받은 주술사와 함께한 치료가 끝나고, 나는 빚을 갚을 준비를 한다.

마누엘 리바스가 자기 아내를 부르니, 그녀가 얼른 다가온다. 그가 말한다.

"내 아내한테 문제가 좀 있소."

엄청난 신비로움이 나를 초조하게 만들기 시작한다. 무시무시한 뭔가는 이런 박진감을 필요로 한다.

"네, 마누엘 씨, 원하는 것을 얘기하실 때가 됐네요."

"내 아내를 한번 봐주시면 좋겠소. 밤에 잠을 잘 수 없다고 하고, 등허리가 아프답니다."

"그래요, 의사 선생님."

마누엘의 부인이 끼어든다. 그리고 자기가 아픈 곳을 손으로 가리킨다.

"그런데 남편분이 이런 문제의 전문가 아니신가요? 사람들이 치료를 받으러 산에서 내려들 오잖아요."

"제발요, 선생님."

마드레 티에라로 돌아오니 내 앞으로 쪽지가 남겨져 있다. "부모님 댁으로 연락하세요." 왜 전화가 걸려 왔는지는 모르겠지만, 책임지고 연락한 사람한테는 분명히 뭔가 걱정되는 일이 있을 것이다. 연락한 사람은 연락받은 사람이 최악의 상황까지 생각하도록 긴장감을 조장하려는 불순한 의도를 가졌다. 늦은 밤에 우리 집으로 전화가 걸려 올 때도 똑같다. 나쁜 사람들. 내 피가 차가워졌듯 그들의 피도 차가워졌으면 좋겠다. 그 늦은 시간에 울리는 전화벨은 미간 사이로 파고드는 차디찬 기계송곳과 같은 효과가 있다는 걸 다들 아시기를 바란다. 다행히 나는 곧 통화할 수 있었다.

우리 부모님을 돌보던 간병인 여자가 일을 그만두었다. 갑작스런 일이다. 간호사가 부모님의 상태를 점검하러 갔을 때 그 간호사 앞에서 그만둔다고 말했다.

"무슨 일이 있었던 거죠?"

"어머님께서 치료를 받지 않으려 하셨고, 간병인 아주머니는 어머니께서 치료를 받지 않으시면 이 집에서 더 할 일이 없으니 이만 나가겠다고 했어요."

"그래서 어머니가 뭐라고 하셨죠?"

"가버리라구요."

"그래서요?"

"그래서 아주머니는 가버렸어요."

전후 사정을 더 말할 것도 없이 딱 그랬던 것이다.

내가 수천 킬로미터나 멀리 떨어진 곳에서 지내는 동안 우리 아버지는 침대에서 옴짝달싹도 못한 채 누워 지낸다. 우리 어머니는 보행기에 의지하고도 하루에 예닐곱 걸음 이상은 떼지도 못한다. 너무도 잔혹하고 너무도 극적인 이런 장면을 배치하는 것은 마땅히 그다음 장면의 이야기로 넘어가려 함이다. 제 목적지에 도착한 전언과 더불어 헌정된 장면이다. 이것은 전언의 내용이 전달되었다는 의미가 아니다. 하지만 만일 전화를 건 간호사가 원했던 것이 나한테 중요한 사실, 곧 어머니의 상황을 알리는 것이었다면, 간호사는 제 임무를 달성했다고 나는 확신할 수 있다. 최악의 방법이었을지라도, 그녀는 임무를 달성했다. 전언은 목적지에 도달했다.

내가 뭔가를 말하기도 전에, 간호사는 자기가 부모님 곁에 머물러줄 준비가 되어 있노라 말한다. 이미 자기 집으로 전화를 했으며, 아이들을 보살피고 저녁밥도 챙겨서 먹여줄 사람도 구해놓았다고 한다. 나보고는 걱정하지 말라고, 내가 멀리 있다는 것과 노인들만 둘 수 없다는 것을 잘 안다고 말한다. 물론 부모님도 잘 계신다고 한다.

"고맙습니다."

간호사나 간병인과 나 사이를 구분 짓는 뭔가 특별한 것이 있다. 오직 그들만이 할 수 있는 무엇이다. 만일 내가 그들을 흉내 낸다면, 나는 하염없이 불행해질 것이다. 의사들은 지시를 내리지만, 환자들 곁에서 몸을 부대끼며 일하는 사람은 바로 간호사들이다. 침착한 태도를 유지하기가 불가능하고, 느낄 수 있는 유일한 것은 고통일 것이며, 부축해줄 누군가가 없이는 움직일 방법이 없을 때, 그들은 그런 환자들의 절망을 진정시키는 화려한 기술을 펼치며 언제나 환자들 곁에 있다. 그들이 희생한다고 말하는 것은 도리에 어긋나는 말로서 어쩌면 그들의 재능을 깎아내리는 말이 될 것이다.

아주 어린 자식들을 돌볼 때 겪는 일들과 비슷하고, 몸을 부대끼며 하는 일이라 늘 서로 정이 든다. 간병인 여자들은 딱히 선택된 사람이 아니더라도 그런 능력을 유지할 수 있다. 그것은 그들과 나를 다른 부류로 구분 짓는데, 내가 그들의 소질을 부러워하지는 않더라도, 내 세상도 아니고 적의 세상도 아닌 그런 세상이 있다는 것을 아는 게 나는 참 좋다.

나는 티모테오 아르볼레도Timoteo Arboledo를 만나러 가기에
앞서 사회보험기금으로 운영되는 무료 진료소에 간다. 궁금한
게 좀 있어서, 의사들 가운데 누군가와 이야기를 나누고 싶다.
나는 하이메 스피리Jaime Spiri 박사를 만난다. 그는 환자 없이 홀
로 진료소에 앉아 있다. 나는 그에게 빌카밤바 주민들의 유전자
형에 대한 정보를 요청하고, 유전자형이 빌카밤바인들의 장수
원인을 설명해준다고 생각하는지, 또 장수가 유전되는 것인지
묻는다.

나는 유전자와 장수의 관계를 증명하려는 여러 연구가 진
행되고 있다는 사실을 안다. 현재는 투명한 암수한몸 벌레 '예
쁜꼬마선충C. Elegans'에 관한 연구가 이루어진 상황이다. 예쁜꼬
마선충이 암수한몸인 벌레일지라도 인류와 그렇게 먼 관계는 아
니라고 주장하는 사람들이 있지만, 아직까지 분명한 것은 예쁜
꼬마선충 연구에서 얻어진 결론을 남성과 여성의 일반적 속성에
다 적용할 수는 없다는 점이다.

빌카밤바 사람들의 유전자형에 관한 연구 자료를 발견하지

는 못했지만, 염두에 둘 만한 몇몇 정보는 있다. 이 산골의 사람들은 서로 다른 장소에서 흘러들었고, 동일한 인종도 아니며, 이 마을은 바깥세상과 무관하게 보존된 폐쇄적인 공동체도 아니다. 외지인들은 이곳에 도착하면 병세가 호전되지만, 빌카밤바에서 태어난 사람들도 일단 이곳을 떠나면 이곳에 남아 있는 사람들보다 훨씬 짧은 수명을 산다. 에콰도르인들이 나라 밖으로 일하러 떠나는 일이 예삿일인 까닭에 그런 사례가 여럿 있다. 떠난 이들이 남아 있는 가족에게 보내 오는 돈은 중요한 외화 수입원이다.

모두들 장수라는 것이, 적어도 빌카밤바에서 장수라는 것은 물려받거나 유전되는 것이 아니라 그 산골에서만 발생하는 무언가의 결과라고 생각하는 쪽으로 기운다. 연구할 것이 무척 더 많은 것은 아니다.

티모테오의 집은 산기슭에 있다. 다른 장수인들의 집과 마찬가지로 그의 집 역시 매우 변변치 못하다. 마감재도 없다. 집 앞면은 벽돌이고, 현관은 반질반질한 시멘트로 되어 있다. 처마 아래에 테이블과 벤치가 하나씩 있다. 문간에는 아주 낡은 가죽 부츠 한 켤레가 놓여 있다. 누구라도 우리에게 응답할 수 있도록 우리는 손뼉을 치며 큰 소리로 티모테오 아르볼레도를 불렀다.

티모테오의 다른 가족은 바로 근처에 있는 다른 집들에서 사는데, 그 가운데 어느 집 문간에 한 소년이 서 있다. 티모테오의 손자들 중 하나다. 나는 손자에게 아르볼레도 씨를 어디서 만날 수 있는지 알려달라고 한다.

"따라오세요."

🌱 티모테오의 집

나는 짐이 많다. 카메라 두 대, 카메라 렌즈 한 벌, 녹음기, 디지털 캠코더, 캠코더용 렌즈, 외장 마이크, 여분 배터리, 필터, 카메라 청소 도구 일습 등 온갖 물건이 빼곡히 든 배낭을 짊어지고 간다. 삼각대는 손에 드는데, 배낭이 워낙 꽉 차서 더 쑤셔 넣을 자리가 없기 때문이다. 무게가 꽤 나가는 전문가용 3단 삼각대다.

나는 가벼운 차림으로 걷는 것을 좋아하지만, 카메라를 한 대만 갖고 왔다가 혹시나 여기까지 왔는데 들고 온 카메라가 작동하지 않는 불상사가 생긴다면 도저히 용납할 수 없는 일이 될 터였다. 그래서 이번에 나는 잊지 않고 카메라를 하나 더 챙겨 왔다. 준비성이 철저했던 것이다. 준비성이 철저하면 늘 더 많은 짐을 지고 걷게 된다는 점이 유감이다. 책임감은 내가 짊어진 짐 가운데 두말할 것도 없이 가장 무거운 짐인 나의 강박증을 은폐 한다.

나는 길이 나 있는 곳까지 소년을 따라간다. 소년은 몇 걸음 가다가 돌아서더니 손을 들어 위쪽을 가리킨다.

"저기 계세요."

"뭐라고요?"

"여기서는 할아버지가 잘 안 보이실 거예요." ― 목청 높여 분명히 말한다. ― "저기 산 높은 쪽에 계시거든요."

"그 말인즉슨……."

"거기 심어놓은 것들을 가꾸러 날마다 올라가세요."

우리는 산을 오르기 시작한다. 레닌이 나를 도와주겠다고 했지만 나는 자립 자활하는 게 더 좋다. 빅토르는 산을 오르는 데 애를 먹지만, 열정적인 사람이다. 나는 걷기 시작한 지 30분 이 채 되기도 전에, 평지에서 걸을 때는 상관없던 일련의 소소한 점들이 오르막길에서는 나를 점점 더 신경질적으로 만든다는 사실을 깨달았다.

나는 산길에 적합한 신발을 신지 않은 터라 축축한 지대에 서는 어김없이 미끄러졌다. 레닌과 티모테오의 손자도 산길에 적합한 신발을 신지 않았지만, 유독 내가 더 그랬던 건 내가 아 파트에서 거주하는 사람인 까닭이다. 배낭은 균형이 맞지 않아 서, 가죽으로 된 배낭끈의 한쪽이 다른 한쪽보다 더 팽팽했다.

마실 물도 햇빛을 가릴 모자도 안 가지고 왔다. 바지는 적합한 종류이긴 하지만 크기가 나한테 조금 크다. 편치 않은 점들을 나열하며 곱씹어보는 사이에 오솔길은 점차 더 가팔라졌다. 이제야 고작 가야 할 길의 반 정도를 왔을 뿐이다. 산 아래쪽을 내려다보니 집이 보였다.

"이 산의 높이가 어떻게 되죠?"

"2000미터가 넘을 거예요." 손자가 대답한다.

"할아버지께서는 매일매일 산에 오르시나요?"

"그러는 걸 좋아하시니까요."

상대성 이론에 관해 읽으면서 나는 해수면 높이에 사는 사람들보다 높은 지대에 사는 사람들에게 시간이 더 천천히 흐른다는 걸 알았다. 예시가 하나 있다. 쌍둥이가 서로 헤어져 한 명은 평생토록 해변에서 살고, 다른 한 명은 평생토록 산에서 산다면, 높은 곳에서 사는 쪽이 한결 더 천천히 늙어간다. 왜일까? 왜냐하면 시간은 절대적이지 않으며, 땅과 멀어질수록 느려진다. 하지만 차이가 난다고 해봤자 100분의 일, 1000분의 일, 100만분의 1초 정도밖에 안 될 것이므로, 티모테오의 건강을 증명하는 데 그 예시를 염두에 두지 않는 편이 더 낫다.

무릎으로 버티기도 하고 손으로 덤불을 잡아 몸을 지탱하면서 목적지까지 남은 최후의 몇 미터를 점차 줄여간다. 손자는 티모테오가 여기 어디 가까이에 있을 거라고 말한다. 땅은 경사졌고 나는 자꾸만 아래로 미끄러진다. 사다리가 있을 것 같지는 않다. 차라리 앉아서 한쪽 발뒤꿈치라도 땅에 단단히 딛고 있으려고 애쓰는 편이 낫다. 배낭을 벗어서 땅에 내려놓자마자 배낭이 산비탈을 데구루루 굴러 내려간다. 빅토르가 가까이 있었던 덕분에 배낭을 잡아 세웠다. 나는 티모테오 아르볼레도와 만나고 헤어질 때까지 지금 내가 멈춰 선 곳에서 움직일 마음이 추호도 없다. 그다음에 어떻게 할지는 나중 문제다.

　　아래쪽 20여 미터 앞에 덤불 사이로 펠트 모자가 눈에 띈다. 아르볼레도는 콩을 심는 중이다. 빅토르가 그를 향해 소리치자 남자는 고개를 든다. 오른손을 들어 인사한다. 아흔여덟 살이다. 그는 사람들이 자신을 찾아왔다는 데에 기뻐한다. 기다란 막대기를 지팡이 삼아 걸어온다.

🌱 티모테오 아르볼레도

아르볼레도는 단박에 올라오기 시작한다. 아주 날쌔게, 균형을 유지하며 움직인다. 불과 몇 초 만에 그는 내 옆에 왔다. 힘들지 않게 숨을 내쉰다. 평온하다.

티모테오 아르볼레도는 굳게 힘주어 악수하며 내게 인사를 건넨다. 그런 느낌의 악수는 다른 백세인들과 만났을 때 이미 해 본 터라 익숙하다. 그의 손은 떨리지 않는다. 노인의 양손 중 어느 쪽도, 특히 아무것도 안 할 때 목격되곤 하는 노인성 떨림이 전혀 없다.

티모테오는 트레킹 강사처럼 자기 산을 자유자재로 돌아다닌다. 낡은 하늘색 셔츠와 회색 바지를 입었으며, 짙은 콧수염과 반백인 턱수염이 나 있다.

"티모테오 어르신, 안녕하세요?"

"여기까지 찾아와 주다니 정말 반갑소. 요즘 들어 양쪽 발목이 조금 아프긴 한데 차차 나아질 거요."

"날마다 일하시나요?"

"아니, 이제 일은 안 한다오. 그저 내 일만 하지."

다른 이들이 그랬듯이 티모테오에게도 일하는 것이란 밖에 나가서 일하고, 하루 노동으로 돈을 버는 것을 의미한다. '품앗이 조'에 참여하는 것도 그 비슷한 일일 것이다. 이웃들이 어느 한 사람의 들에 모여 같이 일해주고, 그다음에는 다른 이의 들, 그다음에는 또 다른 이의 들, 그런 식으로 씨를 뿌리지 않았거나 추수하지 않은 사람이 하나도 남지 않을 때까지 힘을 모아 함께 일을 한다. 올해 티모테오는 품앗이 조의 일원이 되라는 부름을 어디서도 받지 못했다. 그는 그것이 부당한 처사였다고 생각한다. 하지만 자기 산에는 날마다 올라간다. 아침에 2000미터를 올라가고 오후에 일이 끝나면 2000미터를 내려온다. 그가 경작하는 것은 유카, 양파, 콩 등 그에게 반드시 필요한 품목들이다.

빌카밤바에서는 은퇴라는 것이 존재하지 않는다. 개발된 도시에서 걷거나 운동하는 노인들은 심장 전문의의 지시에 따라 그렇게 하지만, 빌카밤바에서는 먹기 위해 일할 필요가 있다.

티모테오는 진작부터 정부 보조금인 '보노bono'를 받지 못했다고 말한다. 보조금은 몇 푼 안 되더라도 그의 경제 형편을 고려하면 요긴한 액수다. 그가 보조금을 못 받는 이유는 그의 이름이 지급 대상자 명단에서 누락되었기 때문이다. 다른 백세인들에게도 똑같은 일이 일어난다. 그들의 나이를 아무리 잘 조사했더라도, 컴퓨터 시스템이 그 나이를 오류로 판단하면 그들의 이름이 제외되는 것이다. 법적으로 죽은 사람들이다. 똑같은 일이 교구위원회가 식량 원조 문제를 논할 때도 발생한다. 한 번 원조가 이뤄지고 나면, 다음번에는 이미 수혜자 명단에서 이름이 사라지고 없다.

"우리 애들한테 돈을 좀 빌려달라고 부탁해야 해."

티모테오 아르볼레도는 매일 아침 6시에 일어나 커피를 한 잔 마시고, 차미코를 한 대 피우고, 푸로를 한 잔 마신 다음, 산으로 올라간다.

"나는 나쁜 짓은 하지 않아. 푸로를 그저 약이다 생각하고 마시는 거지."

그의 나이에 자기 하고 싶은 대로 하는 것이니, 티모테오가 굳이 변명을 늘어놓을 이유는 없을 것이다.

나는 같이 간 사람들에게 카메라를 건네고 우리를 찍어달라고 한다. 그러고 나서 티모테오에게 이만 가겠다는 인사를 하고, 잠깐 그대로 서 있으려고 했다. 그런데 나는 그렇게 할 수가 없다. 자빠진다. 산봉우리 가까운 곳의 평평한 지대까지 더 위쪽으로 몇 미터 기어 올라간다. 레닌이 나를 도와주려고 한다. 나는 그에게 혼자서 해보겠다고 대답한다. 그런데 그렇게 할 수가 없다. 레닌에게 삼각대를 건네고, 작대기를 하나 들어 땅을 짚는 데 쓴다. 티모테오 아르볼레도가 쓰는 지팡이와 매우 비슷한 작대기다.

나는 진이 다 빠졌는데, 그걸 미처 자각하지는 못했다. 나는 하산하기 시작한다. 내 신발은 나를 전혀 도와주지 않는다. 미끄러질까 봐 전전긍긍하며 산 아래로 내려간다. 지팡이를 짚고, 아르볼레도 집안의 가장 어린 소년의 안내를 받으며, 짐의 일부를 나눠 들어준 다른 사람들에게 의지하며 내려간다. 나는 균형을 잃을까 두려워서 감히 뒤돌아 티모테오에게 다시 인사하지도 못한 채, 내려가는 길에만 온 정신을 집중하려고 애쓴다. 다른 사람들에게 의지하며, 굼뜬 움직임으로, 겁을 먹고 걸으면서, 늙어간다.

34

만약에 무언가가 건강한 삶을 애호하는 사람들 사이에서 신용을 잃었다면 그것은 갈증의 효과일 것이다. 목이 마르다는 것은 육체가 가진 가장 정확한 조절 메커니즘인데도, 하루에 물을 적어도 2리터씩 마셔야만 한다는 의식이 인류의 운명을 바꿀 수도 있다고 여겨지는 것 같다.

우리 몸의 3분의 2가 물로 이루어져 있다는 말을 들으면, 나는 개인적으로 썩 마음에 들지 않는다. 한평생 살고 나서 내가 고군분투해온 인생의 3분의 2가 물이라고 생각하면, 그동안 영위해온 내 삶이 덧없이 느껴지기 때문이다.

하루에 두 컵 이상 액체를 마실 수 없는 우리 아버지를 제외하고, 보통의 조건에서 우리는 물을 많이 마시면 마실수록 그 물을 더 잘 흘려보낼 것이다. 깨끗한 물이 몸속에서 흐르며 몸의 구석구석을 소독하고 정화한다. 그런 생각이 잘 작동되려면, 그 전에 우리 스스로 몸이 오염되었다고 느낄 필요가 있다.

빌카밤바에 흐르는 강에 치유의 힘이 있다고도 여겨진다. 수많은 외지인들이 그 강물에서 목욕을 한다. 강물이 모공 속으로 깊숙이 스며들어 영생을 베풀도록 하기 위함이다. 강물이 살 갗에 스며들든 그렇지 않든 그들에게는 상관이 없다. 그런 건 그 저 지엽적인 부분일 뿐이라고 생각한다.

광천수는 지하를 흐르는 강물에서 나오며, 장수의 핵심이 다. 병에 담긴 깨끗한 물을 마시는 사람은 너끈히 백 살까지 살 수 있을 것이다. 나는 홍보와 선전처럼 들리지 않도록 광천수에 관해 이야기하는 것이 꽤나 어렵다는 사실을 알게 되었다.

나는 물의 성분을 주의 깊게 살핀다. 병에 물을 담는 공장 에서 세부 함량 정보를 설명해주었다. 다른 지역에서 소비되는 물과 별반 다른 것 같지 않다. 다른 곳의 물에 비해 나트륨, 중탄 산나트륨, 황산염의 함량이 적은 반면, 마그네슘의 함량은 많다 고 할 수 있지만, 다른 상표를 달고 팔리는 물에서도 언제든 찾 아 볼 수 있는 함량 비율이다.

회사의 조사 보고서를 살펴보고, 그 내용을 광장에 흐르는 광천수와 비교해보는 것은 그리 심도 깊은 연구는 아니다. 한 번 보는 것만으로 특별하게 나오는 건 아무것도 없다. 유감이다. 물 은 내가 생각한 가장 확실한 후보였는데.

백세인들을 계속 방문하는 일 역시 나한테 크게 도움이 되 지 않는다. 나이를 먹어 노인이 된다고 해서, 아니, 아주 나이 많 은 노인이 된다고 해서 지식의 보증서를 보유하게 되지는 않는 다. 만약에 내가 귀를 쫑긋 세우고 그 백세 노인들의 입에서 갑 자기 폭로로 치달을 한마디가 툭 튀어나오길 기대했다면, 나는 결코 오지 않을 뭔가를 부질없이 기대했던 것이다. 그렇다고 해 서 첫 결혼을 예순여덟에 해서 10년이 조금 안 되게 결혼 생활

에르미니아

을 한 에르미니아Herminia 여사를 만나지 않을 이유는 없다. 에르미니아는 지금 과부로 산 지 거의 스무 해가 되었지만 결혼 생활을 다시 해볼 마음은 아직 없다.

"그럴 만한 분이에요. 직접 만나보면 알게 되실 겁니다."

묘한 설명이다. 하지만 곡괭이질을 하거나 빅토르의 말에 깔깔대고 웃는 에르미니아의 모습을 봤을 때, 미친 사람처럼 보이지는 않았다. 에르미니아 여사는 집 안에서 아주 젊은 여자처럼 행동한다. 기다란 흰 머리칼을 하나로 모아 묶었다. 그녀는 자신에게 기회가 주어지면 언제든 뭔가 재미있는 말을 하려고 대화에 열심이다.

"에르미니아 여사님, 일하시는 모습을 한 장 찍고 싶습니다."

에르미니아는 자리에서 벌떡 일어나더니, 두어 걸음 가서 손에 연장을 집어 든다. 연장을 들고는 미소를 씽긋 짓는다. 쟁기를 들고 마치 모델이라도 된 양 뚜벅뚜벅 걷는다.

"교회에 다니시나요, 에르미니아 여사님?"

"일요일마다요. 나는 신부님과 잘 지내는 게 좋아요."

그녀가 안경도 안 쓰고 책을 읽는다는 것을 알았을 때, 정말로 단 한 번도 안경을 쓸 필요가 없었는지 묻는다. 아주 잠깐 눈이 침침하고 어리어리해도 곧 다시 잘 보였다고 대답한다.

세군도 게라는 평판이 나쁘다. 나귀 등에 올라타 차미코를 피우거나, 날이 잔뜩 선 낫을 들고 길을 걸어가곤 하는데 동화에 나오는 착하고, 다정하며, 친절한 할아버지 모습과는 닮은 구석이 전혀 없다.

어느 오후에 세군도 게라가 광장을 돌아다니는 것이 보였다. 그는 자신의 농장까지 차로 태워다 줄 누군가를 찾는 중이었다. 세군도 게라가 소유한 땅은 시내에서 대략 10킬로미터 떨어진 거리에 있는데, 그날따라 시내까지 걸어 나왔던 것이다. 그는 집까지 태워줄 사람을 아무도 만나지 못했다. 참을성을 크게 보여주지도 못했다. 세 번을 시도했고, 세 번 다 실패했다. 화낼 만도 했고, 홀로 걸어서 돌아가기 시작할 만도 했다. 앞으로 걸어가야 할 10킬로미터가 펼쳐져 있다.

나는 택시를 잡아타고, 세군도 게라에게 가까이 가서 차에 타라고 한다.

나는 레닌의 충고를 따라서, 열광적인 자백이 필요한 주제로 단박에 들어간다.

아흔여덟 나이지만 세군도 게라가 중요하게 여기는 유일한 것은 여자들이고, 그 유일한 주제에 대해서라면 언제든 대화할 준비가 되어 있다. 그는 똑같은 세부 사항으로 무한정 되짚어 돌아갈 수 있고, 그때마다 새로운 예시들을 만난다. 그는 나한테 자신의 무훈들을 떠벌린다. 그 나이에도 그의 남성적 위상은 손상받은 적이 없다. 그것은 나도 이해한다. 내가 이해하지 못하는 것은 어째서 그토록 승승장구하는데도 언제나 기분이 나쁜 채로 있느냐는 점이다. 그 반대여야 할 텐데 말이다.

많은 여자들에 대해 말하는 것은 아무 여자에 대해서도 말하지 않는 것과 매한가지라, 대화는 흥미로운 결과로는 이어지지 않는다. 세군도 게라는 자신이 했던 일을 이야기하는 것에 더 큰 기쁨을 느끼는 것으로 보인다. 마치 나중에 결과를 과시하기 위해 일을 해야만 하는 것처럼 말이다.

나는 그가 백서른 살에 도달할 수 있을지 없을지 모른다. 하지만 만약에 그가 자신이 공언한 애인 수를 다 채우길 원한다면, 얼마가 남았건 그의 미래는 늘 턱없이 짧게만 느껴질 것이다.

그가 늘어놓는 이야기는 커피 마시는 자리에서든 사무실에서든 어디서나 사람들이 있는 곳이라면 쉬이 들리곤 하는 이야기이자, 여자들이 들으면 분개할 딱 그런 종류로 들린다.

나는 캐럴 로신Carol Rosin 박사를 만나야 한다. 그녀는 이제 막 캘리포니아에서 돌아왔으며, 요전 날 나를 자기 집에서 기다리기도 했던 마드레 티에라의 주인이다.

.36

마드레 티에라의 주인과 이야기를 나누는 게 중요한 일이었을까? 호텔 로비에는 주인의 사진이 걸려 있다. 새하얀 피부에 아주 커다란 두 눈, 그리고 어깨까지 치렁대는 풍성한 은빛 머리칼을 지닌 여자다. 아프리카 밀림 어디쯤에 있는 영화배우처럼 보였다. 인상이 강한 여성의 사진이다. 제 가족보다는 대중한테서 훨씬 더 좋게 평가되곤 하는 부류의 여성이다. 아마 그래서였는지 나는 사업장의 주인이 직원들이 일하는 공간에 자기 사진을 걸어둔 것이 영 마음에 들지 않았다.

정작 할리우드 배우는 그녀가 아니라 그녀의 남편이었다. 그는 나한테 문을 열어주고, 매우 친절하게도 나를 집 안으로 들여서 아내가 올 때까지 앉아서 기다릴 곳을 마련해주었다. 얼마 지나지 않아 곧 그의 부인이 도착했다. 마드레 티에라에 걸려 있던 사진은 수년 전에 찍은 사진이었다.

하지만 캐럴 로신, 정식으로 말해 캐럴 로신 박사는 60대 나이에 어울리는 옷을 입고 있다. 위아래 모두 검은색으로 입은 탓에 은빛 머리칼과 극명한 대조를 만들어낸다.

며칠 전에 로신 박사에 관한 정보를 찾아보았는데, 그다지 어렵지는 않았다. 그녀는 자신을 세상에 알릴 줄 아는 여자였다.

빌카밤바 ― 빅토르 카르피오의 말대로 장수의 세계적인 중심지인 이곳 ― 에 강력한 자기력이 있다는 말이 맞을 수도 있다. 이곳에서 온갖 사람들을 끌어들인다는 사실이 바로 그 증거가 될 수도 있다. 예를 들어 산골의 가장 높은 지대로 향하는 여러 길 가운데 어느 한 길로 들어서서 올라가다 보면, 흰색 둥근 지붕에 정면에는 단단한 여러 기둥을 세워놓은, 둥글고 거대한 집 한 채가 보인다. 멀리서 보이는 건물의 외관은 카피톨리노 신전*을 떠오르게 한다. 처음에는 어느 백만장자가 노년을 보내려고 지은 집일 것이라는 생각이 들었다. 하지만 내가 잘못 본 것이었다. 더 놀랍고 인상적인 것은 그 집이 아니라 그 집 밑에 있는 것이었다. 그 집 밑에 있는 것은 핵 방사능 피난처였다. 그것만으로도 나는 충분히 놀랐는데, 레닌이 정말로 결정적인 정보를 알려주었다.

"저기 사는 사람이 미국의 장군이에요."

"현직이요?"

"아니요, 은퇴했어요."

세계에서 가장 힘센 군대의 장군이 핵 방사능 피난처를 지었다는 것은 그냥 끽소리 않고 잠자코 있을 일이 아니다. 그가 용의주도하게 그런 집을 지었다는 것은 그럴 만한 정보가 있었기 때문일 테니, 그다지 좋은 소식이 아니다. 만약 순수한 망상

★   로마의 카피톨리노 언덕에 있는 유피테르 신전.

191

중으로 그런 피난처를 지은 거라면, 그런데 그가 엄청난 위력과 화력을 좌지우지할 수 있는 사람이라면, 이는 훨씬 더 나쁜 소식이다.

캐럴의 집으로 가는 길 중간에, 브라이언 올리리Brian O'Leary 가 산다. 그는 아폴로 계획이 진행되는 동안 나사NASA의 우주인이었고, 코넬, 프린스턴, 그리고 버클리대학의 교수직을 역임했다. 우주인인 브라이언 올리리는 외계인과 접촉한 사실을 정부가 감추고 있다고 주장했다. 또한 아폴로 11호의 달 착륙 사진에 대해서도 의혹을 제기했다. 그는 그 사진이 스튜디오에서 찍혔을 수도 있으며, 그것을 위해 나사가 영화 〈2001 스페이스 오디세이〉의 감독인 스탠리 큐브릭을 불러들였을 거라는 설을 내놓았다.

사람들은 온갖 이야기를 다 말한다. 하지만 나는 자료를 검토하면서, 영화 〈2001 스페이스 오디세이〉가 아서 C. 클라크의 소설에 기초했다는 것을 알게 되었다. 아서 C. 클라크는 아주 유명한 작가였을 뿐 아니라, 통신 위성을 고안해낸 사람이기도 하다. 그의 업적을 기려 그의 이름을 딴 궤도와 소행성이 하나씩 있다. 큐브릭은 영화 때문에 아서 클라크와 오랫동안 긴밀히 협력하여 일했다. 아서 클라크와 브라이언 올리리가 뭔가 이야기를 나눴을지도 모른다. 비록 클라크 경이 빌카밤바에 살지는 않았어도 올리리와 같은 협회의 일원이었기 때문이다. 그리고 브라이언 올리리는 큐브릭이 지구에서 달 착륙 장면을 찍은 거라고 고발한 장본인이다.

클라크, 올리리, 다른 우주인들, 그리고 여러 걸출한 인물

들은 우주 방어 조직의 일원이 되었다. 누가 그 조직을 주재하는
걸까? 바로 캐럴 로신 박사다.

"이쪽으로 오세요."

"어디로요?"

"여기로요."

.37

캐럴의 집은 이 산골에서 가장 높은 지대에 있다. 집의 어느 모퉁이에서든, 그저 고개만 들어도 누워 있는 신의 산인 만당고가 한눈에 들어온다.

로신 박사는 나를 집무실로 데려간다. 아주 밝은 방인데, 벽은 책으로 빼곡히 차 있고, 서가에는 자그마한 원주민 모형이 여럿 장식되어 있다. 또 책상이 있고, 아주 안락해 보이는 의자, 그리고 침상형 소파가 있다. 내게 그 소파를 가리킨다. 그녀는 의자에 앉는다. 미소를 지으며 고갯짓을 까딱한다. 내가 먼저 이야기를 꺼내도록 독려하는 것이다.

소파는 보통 의자보다 높이가 낮아서, 내가 다리를 모으고 앉으니 몸이 앞쪽으로 슬쩍 쏠리며 팔꿈치는 무릎 위에 얹고 두 손을 마주 쥔 자세가 되었다. 나는 내 소개와 나에 관한 이야기를 해야 한다. 나는 신중을 기해 말할 것인데, 만약 그녀가 의도한 무대 장치 때문에 내가 신중해지지 못한다면, 나는 숫제 정신분석가의 상담실에 다녀가는 꼴이 될 수 있다.

나는 빌카밤바에 온 이유를 설명한다. 그러자 그녀는 내 이름의 철자를 적어달라고 한다. 자기 컴퓨터 쪽으로 몸을 돌려 인터넷 검색창에 내 이름을 친다. 화면에 이름이 뜨는 것을 보고서야 비로소 긴장의 끈을 푼다. 그녀가 검색해서 읽은 내용 가운데 그 어떤 것도 그녀에게 위험스러운 결과를 예고하지 않는다.

"테라스로 갑시다, 경치가 참 좋아요."

그녀는 내가 원할 때 언제든 녹음기를 켜라고 한다. 만일 자기를 촬영하고 싶다면 만당고 산을 배경으로 찍으라고 한다.

집을 관리하는 사람이 여럿 있다. 운전사, 정원사, 가정부 둘, 집사. 집사에게 자기 말을 끌고 오라고 지시하고, 가정부 한 명에게 차를 두 잔 내오라고 시키며, 운전사에게는 픽업트럭에서 잠시 기다리라고 명한다.

"제 이름은 캐럴 로신, 캐럴 로신 박사입니다. 우주협력연구소Instituto para la Cooperación Espacial의 소장이죠. 또 호텔이자 우주 컨벤션 센터인 마드레 티에라의 주인이기도 합니다. 항공우주산업 최초의 여성 '코퍼러트 매니저corporate manager'로도 일했고요. 군사 미사일 방어 문제 전문가이고, 전쟁을 치른 여러 국가의 대통령, 사령관들과 장관들의 자문을 오랫동안 맡아 했습니다."

바보 같은 소리지만, 그녀가 읊는 전쟁 이력을 듣는 동안, 나는 전갈과 함께했던 경험담을 말해주고 싶은, 억제하기 힘든 욕망을 느끼기 시작한다. 나는 오로지 '픽스'의 도움만으로 맹독이 있는 녀석과 맞닥뜨려 승리에 도달했다. 다행히 캐럴은 나한테 그럴 시간을 주지 않는다.

그녀는 우주협력연구소 — 여기서 나사의 우주인 브라이언 올리리와 작가이자 과학자였던 아서 클라크도 일익을 담당했던 바 있다 — 의 목적이 우주를 무기로부터 자유롭게 하는 것이라고 설명한다. 인류가 진보하기 위해서는 군수산업의 자금이 항공우주산업을 위해 이용되어야만 한다. 그것이 진보일 것이다.

이미 살펴봤던 터라, 나는 그녀가 일했던 회사가 세계 각지에 본부를 두고 각국의 군부와 수백만 달러어치 계약을 체결하는 어마어마한 회사라는 것을 안다. 그런 회사들이 바로 비행기, 인공위성, 항공모함의 부품들을 공급했다. 또한 미사일과 레이더도 개발했다.

회사에서 캐럴은 과학자인 폰 브라운을 알게 되었다. 베르너 폰 브라운Werner Von Braun 말이다. 두 사람 사이에는, 캐럴이 폰 브라운의 공식 대변인이 되고, 폰 브라운이 건강상의 이유로 회의나 학회에 참가하지 못할 때 캐럴이 그를 대리해서 나가는 관계가 맺어졌다. 폰 브라운은 병에 걸려 아팠다. 심각하게 아팠다. 의사 아들을 둔 행운도 없이 말이다.

폰 브라운이 누구인가? 폰 브라운은 아폴로 계획을 지휘했다. 최초로 인간을 달에 보낸 장본인이었다. 지식과 경험, 그리고 그를 지지하고 치하하는 데 결코 지치지 않았던 정부를 가졌던 로켓 천재였다.

폰 브라운의 지식과 경험이 어디에서 비롯되었는지 고려해야만 한다. 아폴로 계획은 폰 브라운이 거둔 첫 번째 성공 사례가 아니었다. 전에 모국인 독일을 위해 일했던 시절, 그는 V2 미사일을 설계하고 제조했다. 현대 미사일의 선구적 형태이자 제2차 세계대전이 종식될 무렵 영국과 벨기에를 포격했던 바로 그 미사일이었다. 여러 분석 전문가들은, 만일 히틀러가 애초부터 폰 브라운의 연구를 지원했더라면 독일이 전쟁에서 승리했을 거라고 한다. 만일 그렇게 되었다면, 인간을 달에 보낸 남자 폰 브라운은 나치를 승리로 이끈 주역이 되었을 것이요, 당시 연합국은 물론이거니와 오늘날의 독일인들은 승리를 거두지 못했을 것이다.

전쟁이 종식된 후 미국인들은 소련인들보다 더 기민하게 움직였고, 유럽에서 폰 브라운을 데려오는 작업에 착수했다. 브라운 박사가 미국에 도착하자 그의 과거 이력은 싹 정리되었다. 그는 곧 나사에서 일하게 되었다. 폰 브라운은 현역 활동이 거의 끝나갈 무렵, 어느 사기업의 영입 제의를 받았다. 페어차일드 인더스트리즈Fairchild Industries였다. 거기서 그는 캐럴 로신을 알게 되었던 것이다.

"폰 브라운 박사님이 제게 들려준 이야기로는, 1974년에 우주 무장화 계획이 있었어요. 수십억 달러짜리 계획이었다고 하더군요. 박사님 말로는 기업들이 의회에서 예산을 책정받으려고 있지도 않은 적들을 만들어낼 생각을 했대요. 그래서 냉전 논리가 그 위세를 다 하게 되면, 문제 국가들이 등장할 예정이었죠. 문제 국가들 다음에는 테러의 위협이 나타날 것이고요. 테러리즘이 소탕되고 나면, 지구로 와서 충돌할 소행성들이 있을 거예요. 소행성의 위협이 바닥날 때쯤에도 여전히 마지막 카드를 쓸 수 있을 거랍니다."

정적이 흐른다. 캐럴은 미소를 짓더니 고개를 살짝 숙인다. 이제 내가 질문을 할 순서다.

"마지막 카드가 뭐죠?"

"외계인이요."

"아하, 외계인이요."

"네, 외계 생물체 말이죠. 그들은 외계 생물체로부터 지구를 방어해야 한다고 말할 거예요. 그러니 우주에 무기를 배치하는 일, 곧 우주 무장화도 계속해야만 한다고 말할 거고요."

"미친 짓이군요." 내가 말한다.

"그렇죠." 그녀가 대답한다. "그들은 이미 비행접시와 비슷한 일련의 우주선들을 설계해두었어요. 그 우주선들로 지구에 대량 공격을 가해서, 온 세계 사람들이 외계 생물체의 공격인 줄 알도록 하려는 거죠. 언론은 그럴 때 언제나 쓸모가 있는데, 기사를 팔 수만 있다면, 휘둘려지는 것도 무척 좋아하거든요."

"어떤 사람들이 그런 공격을 설계한 거죠?"

"기업들이요."

"미친 짓이군요."

아까 말한 것이 분명히 전달됐나 싶어 나는 되풀이 말한다.

"그게 다 무기를 팔려고 그러는 거라고요?"

"무기만이 아니고, 더 있어요."

"더 있다고요?"

"그들이 정말로 감추고 싶은 것은 이미 석유를 대체할 수 있는 에너지의 형태가 존재한다는 사실입니다. 오염되지 않은 에너지죠."

"그래서 그 에너지가 어떤 건지 아십니까?"

"물론이죠, 비행접시들이 사용하는 에너지예요."

"아무렴요, 외계인들이 쓰는 거겠죠."

"폰 브라운 박사님이 저한테 설명해주셨는데요, 지구의 자기장을 이용하는 에너지라고 합니다."

"그렇다면 미확인 비행 물체가 존재한다는 거네요."

"아니요, 존재하지 않습니다. '확인' 비행 물체들이 존재하는 거죠. 우리 조직의 (나사의 우주인들이었으며 달에서 걸었던) 회원들 여럿이 정부가 체계적으로 그 정보를 숨겨왔다고 고발했습니다."

"네, 알겠고요, 그 주제와 관련해서 제가 무얼 할 수 있을지 한번 보겠습니다. 그런데, 사실 제가 박사님을 인터뷰하러 온 진짜 이유는 노인들 때문이에요. 박사님이 지금 빌카밤바에 거주하시고, 어떻게 보면 장수를 후원하는 기구도 주관하시니까, 저는 박사님께 꼭 그 얘기를 들었으면 했거든요."

"아무렴요, 그 문제를 벗어나는 건 아무것도 없죠. 여기는 천국이지만 천국으로 온 사람들이 도착하자마자 파괴해버리는 천국이죠."

나는 그 얘기를 이미 마을에서 들은 적이 있다. 그렇다 해도 그녀는 행복한데, 본인이 세상에 전할 것이 있다고 느끼기 때문이다.

"건축가들이 빌카밤바를 파괴하는 주범이에요. 이 길에만 해도 새로 지은 집이 어림잡아 아흔 채나 있고요, 스물다섯 채는 지금 한창 건축 중이고, 마흔 채는 시판에 들어갔죠. 건축물들이 이 지역의 자연 균형을 교란시킵니다."

"그러면 이 집은요?"

"이 집이야 이미 건축되어 있던 걸 제가 산 거예요. 마을에 모터 달린 운송차가 세 대밖에 없던 시절이었어요."

"왜 빌카밤바에 살러 오셨죠?"

"저는 이 산골을 보호하는 일을 하고 싶어요. 저는 이곳이
오염되지 않기를 바라고, 이곳이 새로운 손님들을 맞이하는 공
간이 되길 원해요. 그래서 저는 '노인협회asociación de la gente mayor'
의 코디네이터가 되었습니다. 노인들이 전통을 유지하도록 돕
고, 그들로부터 배우기 위해서죠. 산골의 백세인들은 자연 요법
을 사용할 줄 알고, 항생제를 쓰지 않도록 피하며, 자연을 교란
시키지 않으면서 대자연과 더불어 평화롭게 살 줄 알거든요. 그
들 덕분에 빌카밤바는 환대의 장소가 됩니다."

캐럴은 사진 한 뭉치를 들고서, 나와 이야기를 나누는 사이
에 따로 챙겨 볼 만한 사진들을 한쪽으로 계속 골라낸다. 마치
카드 한 벌을 다 섞되, 다음 판을 위해 좋은 패들을 한쪽에 남겨
두는 것처럼 말이다. 내가 앉은 자리에서는 골라놓은 사진들이
또렷이 보이지는 않는다. 하지만 저명인사들과 함께 찍은 사진
들을 따로 골라놓은 것이 분명하다. 그런 사진들은 그녀의 이론
을 강화하는 데 크게 이바지할 수 있다. 사진들을 무턱대고 다
보여주는 게 쉽지 않은 이유는 위신을 세워 이론을 강화해야만
하기 때문이다. 그것은 설득력을 얻기 위한 유일한 방법이다. 만
약에 어느 우주인이 달에 다녀왔다고 말한다면 그것은 사실일
것이고, 만약에 어느 이론을 보증하는 자가 잘 알려진 과학자라
면 그것 또한 사실일 것이다. 그런 사람들은 살아온 인생 여정으
로 인해, 만일 우리가 그들을 문제시한다면 우리 스스로 부끄럽
다고 느낄 만한 인물들이다.

우리가 공정을 기하려면 캐럴 로신과 정반대의 길을 가는 사람들은 누구인지 고려해야 한다. 대기권 밖의 공간을 무장시켰던 자들이다. 매우 품위 있고 교육받은 사람들이지만 또한 미친 생각에 매달려 있는 사람들이기도 하다.

로신 박사와 그의 동료들이 말하는 것이 이상하게 들릴 수 있지만, 그들이 아무리 애쓴들 군수산업에 들어간 엄청난 돈만큼 터무니없어지지는 않을 것이다. 무슨 이론으로 우주 무장을 정당화하는지 들어야만 할 것이다. 비록 더 일관성이 있고 조리 있어 보이더라도, 그들 역시 제정신이 아니다. 슬프게도, 전쟁주의적인 망상과 평화주의적인 망상 사이에서는 늘 전쟁주의적인 망상이 승리를 거둔다.

캐럴이 눈물을 흘린다. 산골이 어떻게 파괴되는지 보는 것이 너무나 슬프다고 말한다.

로신 박사는 빌카밤바의 모든 장수인들을 상대로 인구 조사를 했다. 엄청나게 많은 장수인이 있지만 다들 멀리 산에서 산다고 한다. 그들을 귀찮게 하지 말고 그냥 지금처럼 계속 살아가도록 내버려두는 편이 낫다고 말한다.

"저는 가끔 제 애마를 타고 그분들을 찾아가요." — 짙은 흑갈색 말이다. — "그분들에게 저는 감동해요. 그분들이 땅을 일구고 거기서 나는 것을 먹고 살며, 자기들의 노래를 부르고, 그 음악에 맞춰 춤도 추면서 산에서 지내는 걸 보는 거예요."

"슬픈 음악이겠네요."

"정반대예요, 완전히 즐거운 음악이에요."

나는 캐럴 로신 박사에게 인터뷰에 응해줘서 고맙다는 말을 전하고, 마드레 티에라로 돌아갈 채비를 한다. 캐럴은 내게 따로 골라둔 사진들을 보여준다. 그 사진들을 나한테 줄 수는 없지만, 자신들이 하는 그 밖의 활동이 무엇인지 내가 보면 좋겠다고 말한다. 나는 사진들을 한 장씩 넘겨본다. 로신 박사는 보디 빌더다. 그녀가 손에 든 모든 사진에, 검은색 비키니를 입고 이두박근과 장딴지 근육이 얼마나 발달되어 있는지 보여주는 자세로 서 있다.

"감사합니다, 사진을 가져가지 못한다는 게 아쉽네요."

로신 박사는 영향력 있는 사람이고 빌카밤바에 오는 외국인들이 부득이하게 언급할 수밖에 없는 인물이라는 점을 고려해서, 나는 그녀에게 마지막 질문에 대답해달라고 한다.

"박사님은 아까 '새로운 손님들'이라고 했는데, 어떤 사람들을 말씀하시는 거죠?"

"외계인들이요."

"외계인들이요."

"물론이죠."

이걸 짐작했어야 했다.

.38

　나는 짐을 다 꾸려놓고, 마드레 티에라에 지불해야 할 계산서를 들고 있다. 공항까지 나를 바래다줄 누군가가 몇 시간 안에 찾아올 것이다. 데리러 오는 사람이 부디 픽업트럭을 타고 온 레닌이기를, 제발 비행접시를 타고 온 '새로운 손님들' 중 하나가 아니기를 바란다. 아직 시간이 좀 남아 있다. 그리 많이 남지는 않았지만, 사진 몇 장을 찍기에는 넉넉한 시간이다. 계획된 것은 아무것도 없기에 나는 마드레 광장까지 간다.

　어째서 내가 찍은 사진들이 내게 확신을 주지 않는 걸까? 아마 나이 많은 사람들의 사진, 그 이상이 아닌 까닭일 것이다. 빌카밤바에서 백열다섯 살인 어느 남자의 사진은 다른 어떤 나라에 사는 일흔다섯 살 먹은 누군가의 사진이나 같다. 그래서 내가 찍은 사진이 어떤 가치를 가지려면, 그 자리에서 사진 속 사람들의 나이를 밝혀줄 필요가 있다. 언뜻 봐서는 그냥 나이 든 노인을 찍은 사진일 뿐이기 때문이다. 설명을 곁들인 사진은 동일한 효력을 갖지 않는다. 촬영자의 설명이 필요한 사진은 제대로 된 사진이 아니기 때문이다. 사진에 보이는 것만으로 충분하지 않은 것이다. 그래서 불신을 야기한다. 반박할 수 없는 증거 같은 것이 아니다.

인터뷰를 곁들여도 비슷한 일이 벌어진다. 인터뷰에서 노인들이 들려주는 그 어떤 이야기에도 분명히 밝혀지는 것은 없다. 주의를 기울일 필요가 있고, 그들이 하는 말을 들을 때, 그들이 하는 말이 의미를 획득하도록 고안된 무언가를 끌어낼 필요가 있다. '악마는 악마라서 아는 것보다 노인이라서 아는 것이 더 많다*'는 말은 옳지 않다. 악마는 악마라서 훨씬 더 많은 것을 안다. 진전시키지 않은 경험은 불확실한 지식이다. 그 증거는 내가 인터뷰했던 백세인들이 몹시 고된 삶을 살아간다는 것, 그리고 많은 이들이 한층 더 나은 삶을 만들기 위해 40년의 수명을 대가로 치를 준비가 되어 있다는 것이다.

'라 테라사La Terraza' 바에서 한 노인이 맥주를 마시고 있다. 다른 노인들과는 다르다. 땅을 일구고 있는 게 아니다. 테이블 하나와 의자 두 개를 차지하고 앉아 휴식을 취하고 있다. 의자 하나에는 앉고, 다른 하나에는 오른쪽 다리를 올려놓고 있다. 낡은 청바지와 면 점퍼를 입은 백세인은 처음 본다. 그는 맥주를 한 모금 넘길 때마다 뜸을 들이며 미적거린다. 그러는 사이에 노인들이 가장 좋아하는 여흥 ─ 다른 사람들이 지나다니는 걸 보는 것 ─ 을 즐긴다.

좋은 사진이 될 수 있다.

나는 멕시코 요리를 가장 잘하는 식당으로 '라 테레사'를 추

★   '경험이 최고'라는 뜻.

천받은 바 있다. 늦은 때라는 건 없는 법이다. 나는 그 노인의 바로 옆자리에 앉아 뭘 좀 주문한다. 나는 그와 얼마 안 되는 거리에 있다. 내 생각에, 이때다 싶을 때 카메라를 들고 그를 가까이에서 찍을 수 있을 것이다.

남자가 곁눈질로 나를 흘긋 본다. 그는 휴대전화를 꺼낸다. 나는 그가 명령하는 소리를 듣는다. 그는 영국식 억양을 띤 영어로 명령을 한다. 삽시간에 최신식 밴 한 대가 광장에 모습을 드러낸다. 남자가 차에 올라타고, 덩치가 산만 한 운전사가 차에서 내리더니 맥주 값을 치른다. 그리고 그들은 영원한 젊음의 대로를 통해 사라진다. 바 근처에는 두 번째 밴이 주차되어 있었다. 나는 전혀 몰랐다. 두 번째 밴이 앞서간 차를 쫓으려고 시동을 걸었을 때에야 비로소 알아차렸다. 나는 그 차의 탑승자들을 알아보지 못한다. 유리창에 먼지가 잔뜩 끼어 있기 때문이다.

나는 방금 찍은 디지털 카메라의 파인더를 쳐다본다. 나이 지긋한 한 남자가 마을의 바에서 맥주를 마시는 모습이다.

.39

나는 긴 여행을 마치고 돌아오면 보통 이틀 정도 지나기를
기다렸다가 내가 돌아왔다는 사실을 사람들에게 알린다. 나 자
신을 위한 시간이다. 마흔여덟 시간의 평온. 나는 일을 재개하지
않으며, 아무도 내가 이 도시에 있다는 사실을 알지 못한다. 나
말고는 아무도 존재하지 않는 양 그 누구도 모르게 내가 아는 장
소들을 걸어 다닐 수 있는 좋은 기회다. 첫날은 느긋하게, 순식
간에 지나간다. 둘째 날은 잘못을 저지르는 날이다.

내가 부모님 댁에 마지막으로 전화했을 때, 부모님은 평온
했다. 장거리 전화였던 탓에 간병인 여자는 통화를 간단히 하려
고 했다. 나한테 새로운 소식들을 알리고, 부모님 중 한 분을 바
꿔줘서 잠시 이야기를 나누도록 했다. 통화를 할 때마다 아버지
도 어머니도 내가 어디에 있는지, 어떻게 지내는지, 또 언제 돌
아올지 물었다. 전날에 한 분과 나눴던 대화를 그다음 날 다른
한 분과 그대로 다시 나눌 수 있었다. 한도 끝도 없이 똑같이. 나
는 부모님이 묻는 도착 날짜를, 늘 나한테 유리하게 여러 요일과
함께 모호하게 알려드리곤 했다. 그러니 집으로 돌아왔다고 해

서 곧바로 부모님을 뵈러 갈 필요가 없다. 만약 부모님이 내가 아직도 에콰도르에 있는 줄 아신다면, 전화만 걸어도 이상한 결과가 나오지는 않을 것이다. 복잡한 문제가 생길 까닭이 없다.

부모님 두 분 모두 자력으로 스스로를 건사할 수 없는 노인들이다. 거리를 거닐 때 우연으로라도 부모님을 마주치는 건 불가능하다. 간병인들은 멀리 살거나, 적어도 내가 다니곤 하는 익숙한 장소에서는 멀리 산다. 간병인들이 돌보러 가야 하는 환자나 만날 친구가 많은 것도 아니다. 사람들이 내가 여기 돌아와 있다는 사실을 알아차릴 방도가 없다. 쉬워 보인다. 하지만 부모님이 무방비 상태이고, 몹시 쇠약한 데다가, 별다른 방책도 고려할 수 없다면, 어째서 내가 부모님과 거리를 두기 위해 그토록 복잡하게 방어를 해야 하는 걸까?

나는 부모님께 전화를 걸어서 '도착했다'고 말할 수 있고, 무엇이 필요한지 여쭐 수도 있으며, 내가 갈 수 있을 때 뵈러 가겠다고 말할 수도 있다. 하지만 우리 부모님 댁에서 물리 법칙은 또 다른 중요성을 획득한다. 예컨대 중력이 무척 강하다. 매우 강력한 끌힘이 작용해, 내가 그 힘에 잡히면 도망칠 수 있는 가능성이 아예 없다. 몸은 너무나 무거워지고 상황은 너무나 괴로워져서, 나는 우리 부모님이 일상을 보내는 방의 벽에 딱 달라붙어 있게 된다. 그런 환경에서 애정을 느끼기는 너무나 어렵다. 동정심이 섞이더라도 그건 일종의 기만이다.

나는 전화를 건다.

"안녕하세요, 언제 돌아오셨어요?"

"어제요."

"잘 지내셨어요?"

"좋았죠, 꽤 좋았습니다. 어떻게 지내셨어요?"

"전 뭐 늘 그렇듯이 하던 일 하면서 그럭저럭 잘 지냈어요."

"저희 부모님은요? 두 분 중 아무나 좀 바꿔주시겠어요?"

"아무렴요, 곧 바꿔드릴게요. 그렇지 않아도 언제고 선생님과 통화하고 싶어 하셨답니다."

"무슨 일이 있었나요?"

"아버님이요."

간병인들은 우리 부모님과 나 사이에 일종의 관료제를 구축했다. 부모님을 뵈려면 그 전에 먼저 그들의 얘기를 들어야만 한다. 먼저 그들의 말을 듣고, 그다음에 우리 부모님을 만난다. 만약에 그 규칙을 피하고 싶다면, 그에 상응하는 대가를 치러야 할 것이다.

그들이 우리 아버지에 관해 말하고 싶어 할 때, 나를 두렵게 하는 두 가지 주제가 있다. 하나는 아버지가 먹은 음식이 무엇이고, 그 음식을 어떻게, 어떤 식으로 먹었는지 들려주는 것이다. 그들이 어떻게 음식을 준비하고, 사용한 식재료는 어떤 것들이며, 어떤 조리법으로 요리를 하는지 시시콜콜한 얘기를 듣다 보면 나 개인의 삶쯤은 아무런 의미도 없는 것 같아진다.

아버지를 주중에 돌보는 간병인과 주말에 담당하는 간병인 사이에는 피 튀기는 경쟁이 있다. 한 사람은 건강식을 제공하는 데 주력한다. 다른 하나는 그렇기 때문에 아버지가 식사를 안 한다고 말한다.

"건강에 좋겠죠, 하지만 아무런 맛이 없다니까요."

그녀의 말로는, 토요일에 맡은 일을 하려고 부모님 댁으로 오면, 영양실조 일보 직전에 놓여 있는 우리 아버지를 떠맡게 된다. 그래도 괜찮은데, 그녀는 우리 아버지가 좋아하는 음식들을 매우 잘 알기 때문이다. 그녀와 함께 아버지는 주중의 닷새 동안 먹지 못했던 음식을 먹으며, 일요일에는 드디어 회복이 된다. 당연히 월요일이 되면 판국이 달라진다. 우리 아버지는 상태가 나빠져 있다. 왜냐고? 주말에 먹었던 음식 때문이다.

내 생각에는, 두 여자 중 하나가 아버지를 죽이는 것으로 이 상황을 끝낼 것이다. 둘 중 누구라도 상관없는데, 끝을 내는 일에선 둘이 짝을 이루기 때문이다. 아버지가 계속 살아 있게 하는 일이 나한테 많은 일을 떠안긴다니, 유감스러울 뿐이다. 아버지가 당신을 돕고 싶어 하는 많은 여자들을 참고 받아들이는 것이라고는 생각하지 않는다.

또 다른 걱정거리는 우리 아버지의 성격이다. 아버지는 단 한 번도 나쁜 아버지가 아니었고, 오히려 정반대로 지나치게 훌륭한 아버지였다.

이렇게 침대에서 꼼짝 못 하게 되니, 아버지는 감각이 죄다 사라진 당신의 몸을 이리저리 살피고 말고 할 도리가 없다. 그런데도 최소한의 거북스러움마저 참지 않는다. 베개를 잘 베게 해 달라거나, 덥다고, 춥다고, 목마르다고, 배고프다고 15분마다 요구한다. 방금 시중들어 준 건 쳐주지도 않는다. 아버지는 어느 자세로 몸을 돌려달라고 했다가, 다시 다른 자세로 몸을 돌려주길 바란다. 창문을 열어달라고 하고, 다음엔 도로 닫아달라고 청한다. 아버지는 뭔가를 가져와 달라, 혹은 당신의 다리나 목을 안마해달라고 한다.

중증 장애를 가진 사람들은 때때로 저주스러운 폭군으로 변한다. 늘 뭔가를 요구한다. 요구를 들어주는 자가 되는 위험을 감수하지 않고서는 그 폭군에게 다가갈 방도가 없다. 더 의존적이 될수록, 펼치는 힘은 더 강력해진다. 환자를 이상화하거나 인간 이하의 존재로 간주하게 될 때 꼭 명심해야 하는 점이다.

간병인 여자가 나한테 하고 싶었던 말은 우리 아버지가 밤에 잠을 자지 않을 뿐더러, 우리 어머니까지 잠들지 못하게 한다는 것이다.

"좀 참으시라고 말씀해보세요."

"전 못 해요."

"왜죠?"

"소리를 지르시거든요. 화를 버럭버럭 내시고. 어머님이 아버님한테 조용히 좀 하라고 하셔도 소용없어요. 전에는 어머님께서 아드님한테 전화를 하겠다고 하시면 아버님이 좀 진정되시곤 했죠. 그런데 아드님도 오지 않으시니, 아버님을 진정시킬 방법이 없습니다."

나는 부모님을 찾아가기에 앞서 일주일을 기다린다. 매일 오후 5시에 부모님에게 전화를 걸 때 말고는, 나머지 시간은 줄곧 마치 그분들이 존재하지 않는 양 시간을 보낸다. 당장 긴박한 상황이 없는 까닭에 나는 어느 누구의 아들도 아닌 듯이 나 자신의 일을 한다. 나는 금요일에 간다.

나를 나무라는 몸짓은 상관없다. 두 번 다시 볼 수 없을 것이라 각오라도 했던 듯 크게 놀란 표정을 짓는 것도 개의치 않는다. 내가 특정한 볼 일이 있어 멀리 떠난 것은 용인하더라도, 만약에 같은 도시에 있는데도 부르기만 하면 언제든 달려올 수 있는 대기 상태를 유지하지 않는 것은, 간병인들에겐 일종의 배신행위로 느껴질 것이다. 마치 아무런 영향도 받지 않고 홀가분해지려고 모든 짐을 간병인 여자들에게만 전가한 것처럼 말이다. 간병인들이 옳다. 그들이 홀로 결정할 수 없는, 큰 책임이 따르는 문제들이 있다. 그들은 척척 일을 잘 해내기는 해도, 긴급 상황이 닥쳤을 때 전화로 알려야 할 누군가가 있어야만 한다. 이를 테면 우리 어머니가 치료받기를 거부할 때나, 뭔가를 구입해야겠다는 아버지의 변덕을 들어주려면, 그들은 누군가에게 의견을 구해야만 한다. 간병인 여자들이 옳다. 하지만 나도 옳다. 만약에 내가 자잘하고 세세한 일들까지 죄다 떠안고 싶다면 도로 부모님과 함께 살아야 할 것이다. 불가능하다. 우리 아버지가 잰걸음으로 한 바퀴 횡하니 돌아본다며 외출하는 일이 불가능한 것처럼 말이다. 다시 잘 생각해보니 다른 예를 드는 편이 낫겠다. 내가 우리 아버지의 상태를 꿰뚫고 있으면서, 이따금씩 부모님을 찾아가고, 아버지는 두 다리로 서서 나를 기다리는 그림이 더 좋지 않을까.

마침내 나는 간다.

"아버님이 매우 흥분하셨어요. 잠을 주무시지도 않고, 잠들도록 가만두지도 않으세요. 저를 5분마다 부르시는데, 대답하지 않으면 다짜고짜 소리를 지르세요."

나는 침실로 들어가서 어머니에게 인사한 다음, 아버지 침대 발치에 멈춰 선다. 아버지가 나한테 한 소리 하려는 것을 눈치 챘다면, 나도 지금 아버지가 짓는 표정과 똑같은 표정을 지어야만 할까? 나는 아버지의 목소리를 낮출 수 있는 유일한 사람이다. 아버지는 평온해 보이려고 가히 초인적인 노력을 한다. 목에 힘줄이 또렷이 튀어나온다. 몹시 여윈 몸으로 황소처럼 헉헉 숨을 쉰다. 이제 막 몸속을 돌기 시작한 피를 원래의 자기 피처럼 받아들이려고 하지 않는 사람이다. 나는 어머니를 쳐다본다. 어머니는 고개를 앞으로 푹 숙인 채 팔걸이 안락의자에 앉아 있다. 어머니는 그새 잠이 들었다. 간병인이 내가 놀란 것을 눈치 채고, 간밤에 아버지가 어머니를 못 자게 했다고 다시 한 번 말한다.

나는 이해한다.

"이 번호로 전화해서, 가능하면 빨리 와달라고 하세요."

"의사인가요?"

"네, 지금 전화해주세요, 제가 직접 얘기하겠습니다."

아버지는 나한테 누가 오는지 물었고, 나는 내가 무척 신뢰하는 새 의사가 올 거라고 말한다.

"정신과 의사에게 전화하지는 마라." — 침묵이 흐른다. — "부탁인데, 나에 대해 전해 듣는 얘기를 다 믿지 마라. 간병인들은 자기들한테 가장 적당하게 하기 좋은 일을 할 뿐이니까. 여기 와서 저 여자들이 말한 것 가운데 무엇이 사실이고 무엇이 사실이 아닌지 봐야 할 게야. 너는 여자들이 너한테 말하는 걸 죄다 못 믿게 될 거다. 너는 간병인 여자들을 더 믿니? 나를 더 믿니? 네가 일주일은 꼬박 옆에서 지내봐야 할 거야, 더도 덜도 말고 딱 일주일 말이다. 네가 깨달을 수 있는 유일한 방법이다. 일주일이야." — 잠시 쉰다. — "너는 나보다 저 여자들을 믿어서는 안 된다."

"좋아요, 그런데 이제 좀 주무셔야 해요."

"잔다. 매 순간 깨긴 하지만 자는 거라고."

나는 침대 옆에 앉아 있는 어머니를 바라본다. 그리고 결심을 한다.

며칠 지나고 나서 나는 서점에 들렀다. 신간 서적이 많고, 반의반은 중고 서적이며, 서점 주인은 나와도 잘 아는 사이이고 책에 대해서도 잘 아는 사람이다. 사고 싶은 마음이 드는 책은 두 권이다. 저자들이 제 부모와의 관계에 대해 쓴 책들이다. 예전에 누군가에게 빌려주고 돌려받지 못했는데, 다시 읽어보고 싶다는 생각이 들었다.

두 책은 서로가 완전히 다른 관점을 담고 있다. 내 생각에는 우리가 부모와 맺는 관계와 우리가 그 관계를 기반으로 만들어가는 이야기 사이에는 차이가 있는 것 같다. 어쩌면 그게 아닐 수도 있다. 아니 어쩌면 둘 다 똑같은 것인데, 사람들 사이의 관계는 어느 한 사람이 말할 수 있는 것만으로는 설명이 안 되는 것일 수 있다.

두 권 다 먼지가 뿌옇게 내려앉아 있다. 서점 주인은 표지에 덮인 먼지를 후후 불고 나서 나한테 건네준다. 그 책들을 살펴보는 사이에 서점 주인이 또 다른 책을 한 권 가지고 왔다. 내가 구해달라고 미리 부탁해둔 책은 아니다. 언뜻 보니 새로 나온

책이다.

"이 책 읽어보셨어요?"

서양의 관점에서 죽음의 역사를 다룬 책이다. 그 책을 읽어본 건 아니지만, 그렇다고 읽고 싶은 생각도 전혀 들지 않는다. 이미 나는 병, 노화, 죽음으로 포화 상태다. 한계선을 설정할 필요가 있다.

"아니요. 아직 안 읽어봤어요."

"가져가 보세요, 혹시 마음에 들지 않으면 나중에 도로 돌려주시고요."

나는 그 책을 가져가고 싶지 않다. 내가 달라고 했던 두 권 말고는 원치 않는다. 세 번째 책은 일종의 약속이 되어버린다. 그가 나한테 읽어보라고 권하는 사이에 나는 그의 제안을 어떻게 평화롭게 뿌리칠 수 있을까 생각한다. 아무런 생각도 떠오르지 않는다.

나는 그 책이 무얼 다뤘는지 묻는다.

"대단히 흥미로운 책이에요." 그가 대꾸한다.

나는 책방 주인에게 고마워하면서도 이따금 그의 목을 조르는 상상을 한다.

그의 말로는 오늘날에는 죽음이 감춰져 있다고 한다. 오늘날에는 병실이나 집의 방구석에 갇혀 죽음을 맞이하기 때문이다. 고대에는 임종을 앞둔 사람이 모두에게 보이는 곳에 있었다. 특별한 치료를 받지도 않았을 뿐더러, 모든 이가 돌봐야 하는 존재였던 것도 아니다. 거추장스럽게 하지도, 수치심을 유발하지도 않았다. 모든 이들이 지켜보는 가운데 숨을 거두었다.

나는 흥미로워 보인다고 말하며 그의 의견에 수긍했지만, 그 책을 사들고 가지는 않는다. 그럼에도 나는 줄곧 생각한다. 죽음이 전시되었던 시대에, 성性은 주의 깊은 신중함으로 보호되었다. 오늘날엔 정반대다. 성性은 모두의 앞에 내보여지지만, 병이나 죽음을 말할 때에는 목소리가 작아진다.

"부모님 댁에 함께 갈까?"

"드디어 가자고 하네. 그럼, 같이 가고말고. 무슨 바람이 불어서 같이 가자고 하는 거야?"

"오후에 애들 학교 근처에 있는 서점에 들렀거든. 마침 학교 마칠 시간이라 애들이 나오나 싶어 찾아보기 시작했어. 보니까 친구 녀석들이랑 한쪽 구석에 뭉쳐 있더라고. 애들이 학교 다니면서 사귄 친구들을 대충 다 알거든. 이제 다들 훌쩍 자랐지만 예전에는 집에도 참 자주 놀러들 왔지. 여름에 함께 논 적도 많고. 어쨌든 우리 애들이 날 보더니 깜짝 놀라더라고. 아주 의외라는 듯이 말이야. 내가 친구 녀석들한테 인사를 하고 농담도 던지면서 어떻게 지냈는지 물어보는데, 애들이 나한테, 알았어요 아빠, 이제 됐어요, 이따가 집에서 봐요, 라고 말하기 시작하는 거야. 이제 막 만났는데도 애들은 벌써부터 내가 빨리 가주기를 바라더군."

"애들 신경 건드리는 말을 했어?"

"그러지 않은 것 같아. 친구 아이들은 기분 좋아 보였는데 우리 애들은 좀 멋쩍었던 것 같아."

"애들이 뭣 때문에 멋쩍었을까? 너무 뜸들이지 말고 하고 싶은 말 있거든 해봐."

"내가 애들을 멋쩍게 만든 거지 뭐."

그녀가 웃는다. 그리고 자식들이 멋쩍어하는 건 어쩔 수 없는 일이라고 말한다.

"당신은 아버지잖아. 부모는 자식에게 약간 멋쩍은 느낌을 주지. 다른 사람들한테는 그냥 평범한 사람이더라도 어느 한 사람에게는 그렇지 않다니까. 그러니 그 당사자는 멋쩍게 되지."

그녀는 방에서 나간다. 나는 그녀가 한 질문에 대답을 했지만, 정작 그녀는 그걸 알아채지 못했다. 왜 나는 그녀더러 함께 가자고 했을까? 나는 무엇을 깨달았던 걸까? 더 낫다. 이렇게 된 게 더 낫다. 그런데 여자가 도로 돌아온다. 벽에 등을 기대고 서서 두 눈을 크게 뜨고, 정말 크게 뜨고 나를 쳐다본다. 손으로 입을 가린다. 사실 자기도 잘 모르면서 꾸며서 말했다는 몸짓이다.

간호사가 침대 옆에 앉아 있다. 매 순간 아버지의 머릿결을 쓰다듬는다. 아버지에게 말을 건넨다. 아버지의 불평 때문에 될 대로 되라는 듯 포기했던 전임자와는 사뭇 다른 모습이다.

"식사는 잘 하셨어요." 그녀가 내게 말한다. "오늘은 잘 드셨다고요."

여자는 침대에서 잘 보이는 자리에 올려둔 화초를 보여준다. 자기 집에서 들고 온 거라고 했다.

"아버님이 조금이나마 초록색을 보시라고 가져왔어요. 그러지 않으면 텔레비전이나 벽 말고는 보실 게 없으니까요."

그녀에게 반박하고 싶지는 않지만, 우리 부모님의 침실에서는 바깥 거리가 보이고, 거니는 사람들, 제 주인들을 따라 동네 한 바퀴 도는 강아지들, 공차기를 하며 뛰어다니는 아이들, 그리고 이 나라의 거의 모든 중요한 집회가 열리는 아주 너른 광장도 보인다. 우리 어머니는 내가 혼자 오지 않아서 기뻐한다. 우리가 도착하자 아버지는 간신히 눈을 떴지만, 이후 곧 우리가 온 적도 없다는 듯 자던 잠을 계속해서 잤다. 아버지가 약을 복용한 뒤로, 집은 도로 조용해졌다. 적어도 지금은 밤에 자다 깨지도 않고, 이런저런 걸 해달라고 고집을 피우지도 않는다. 마치 바싹 마른 입에 누군가가 과즙이 많은 과일이라도 넣어주는 양 입술만 오물거린다. 과일은 당뇨병 환자에게 허락되지 않는 음식이다.

간호사는 나와 이야기를 나누면서 아버지의 목 부위를 주무른다. 아버지는 분명, 옴짝달싹 못 하는 권투 선수 같다. 사람들은 아버지의 몸무게를 달고, 키를 재고, 식사를 제공한다. 마치 이기고 지는 내기의 결과가 아버지에게 달려 있는 양 아버지를 돌본다. 그리 유쾌하지 않은 것은 아버지에게 유일한 적수가 있다는 점이다. 아버지는 상대방을 판정승으로 계속 이기겠지만, 결국은 그 적수에게 부당하게 '녹아웃'되어 패배로 종지부를 찍을 것이다. 시합은 세계복싱협회의 규칙을 완전히 무시한 더러운 싸움이 될 것이다. 아버지는 종소리조차 듣지 못하고 매트에 너부러지게 될 것이고, 아버지의 매니저인 나는 앞으로 영원히 관리할 선수 없이 남겨지게 될 것이다. 나는 아버지가 다른 누구도 아닌 권투 선수 같다고 여긴 적이 한 번도 없었다.

아버지가 이제야 눈을 떴다. 한마디 말도 없이 나를 쳐다보고 있는 사람이 정말로 우리 아버지인지 확신이 안 선다. 아버지를 돌보는 여자는 만족해서, 안정제의 좋은 효과를 침이 마르도록 말한다. 약이 잘 듣는다니 잘된 일이다. 하지만 아버지가 얼마나 달라진 건지 나는 상상이 잘 안 된다. 아버지는 거의 움직일 수 없이, 정신이 혼미한 채로 잠에 취해 있다. 잠에서 깨려고 안간힘을 쓰면서 말이다. 하지만 아버지를 꼼짝 못 하게 해놓은

2밀리그램짜리와 5밀리그램짜리 알약이 한 알씩 있다. 나는 1회 복용량을 줄일 수 있을지 한번 알아봐야 할 것이다.

경제학 박사, 아마추어 영화감독, 합창단 테너, 연재만화 작가, 예비역 준장, 무도회장의 춤꾼, 그리고 애지중지 사랑받은 아들. 동시에 우리 아버지.

결론

——————

　에콰도르의 어느 산골에는 40년의 삶이 더 있다. 아무도 그 시간이 어디에서 생겨나는지, 그 시간을 잘 안배하기 위해 어떻게 해야 하는지 알지 못한다. 하지만, 그 시간은 분명 존재한다. 그 증거들이 마을을 걸어 다니고, 모퉁이마다 서 있으며, 이웃들에게 인사를 하고, 땅을 일구며, 제 할 일들을 한다.

　늙어가고, 늙어서는 죽는다는 두려움에 매여 사는 인류의 처지에서, 40년을 더 살 수 있는 가능성이 존재하는 걸 알면서도 그 가능성을 이용할 수 없다는 건 절망스러운 일이다. 그래서 설명이 나오게 된다. 좋은 설명은 진실이어야 할 필요는 없고, 믿을 만한 정도만 돼도 충분하다. 그 설명이 말하는 바는 중요치 않으며, 중요한 것은 우리를 안정시키는 일이다.

　건강한 삶의 투사들은, 빌카밤바에서는 다들 운동을 하고 깨끗한 공기를 호흡하는 까닭에 오래 산다는 의견을 낸다. 막상 달려 나가서 다른 쪽으로 고개를 돌리면, 거기엔 술을 마시고, 담배와 마약을 피우느라 여념이 없는 장수인들이 보인다.

　빌카밤바의 주민들이 건강한 이유는 그들이 먹는 일상의

식사 덕분이라고 주장하는 사람들도 있다. 특히 그 지역에서 나는 채소를 먹는 식습관이 관건이라고 말이다. 하지만 그곳의 백살 노인들은 고기도, 짠 것도, 커피도 기름기도 가리지 않고 뭐든 다 먹는다.

　찾아오는 사람 아무도 없이 혼자 사는 노인들이 존재하니, 가족이나 가정의 평화라는 요소 역시 장수의 비결 목록에서 사라져버리고 만다.

　자연적인 삶과 오염 부재는 빌카밤바 산골에 관한 일종의 강박관념과도 같다. 모든 강박관념이 최소한의 추론조차 허용하지 않는 것과 같은 맥락이다.

　육체에 (운명적으로) 가해지는 형벌의 추이에 따라 행위, 제약, 규율이 정해진다. 이건 먹지 마라, 저건 하지 마라. 몸을 온갖 튜브, 바늘, 광선으로 고문한다. 지시를 따르지 않거나 수칙을 완수하지 않는 자들은 홀로 사형대로 간다. 다른 이들보다 먼저 죽고 만다. 지금으로선 지시를 따르고 수칙을 완수하는 자들이 옳다. 이 분야에서는 건강에 관해 가장 진지한 이론들이 다뤄진다. 오늘날 작동하는 이론은 바로 예방이라는 것이다. 하지만 지나친 예방이 무언가를 조금 더 헝클어뜨린다. 부디 빌카밤바에는 다른 가능성이 있기를, 예를 들어 지나치게 금욕적으로 살지 않으면서도 더 오래 살 방법이 있기를 바란다. 그것이 실현되면, 연장된 수명을 헛되이 쓰지 않을 궁리를 하게 될 것이다.

　빅토르가 말한 대로 영생의 샘을 찾는다는 것은, 석유 때문에 전쟁을 치른다거나 황금을 쫓아 몰려가는 것과 같이 엄청난 일일 것이다. 누군가는 건강한 40년을 자기 것으로 만들 것이다.

사람들은 늘어난 40년에 대해 분배, 제한, 가치를 매길 것이다. 또한 오늘날에도 삶과 더불어 살펴봐야만 하는 다른 문제들이 있듯이, 파워 게임이나 그 게임을 규제하는 규칙들이 마련될 것이다. 그사이 그곳에 자리를 잡은 사람들이 있다. 과학자, 투자자, 기업가, 종교 신도, 권력 집단, 그리고 연예계 종사자들. 그들은 이미 거기에 가 있고, 땅을 사고 있다. 무궁무진한 계획이 있는 사람들이다. 자금이 있고, 결심이 확고하다.

순수한 삶으로서 삶을 생각한다는 것은, 이렇게 믿는 것이다. 대자연은 뭔가를 알고 있다고. 그리고 우리가 밀림에 가서 살면서 순순히 모기에 물려준다면, 우리는 우리를 이롭게 하고 싶어서 필사적으로 애쓰는 지혜에 물들게 될 거라고.

그러한 40년을 추구하는 태도의 바탕에는 사람과 사람의 육체를 완전히 동일시하는 관념이 깔려 있다. 육체는 여러모로 쓰이지만 일상적으로는 즐기는 것과 괴로워하는 것으로 그 쓰임이 요약된다. 적어도 의식적으로는 최대한 즐기고자 하고 최소한 고통 받고자 한다. 만일 그것이 삶을 규정하는 논리라면, 설령 그렇게 200년이 지속되고, 사치에 둘러싸여 먹고 싶은 것을 다 먹을 수 있더라도, 실제로는 군색한 삶일 수밖에 없다.

인간이 생물학적 활동의 결과물이라고 주장하는 관점은 인간을 동물의 왕국에 가두는 것으로 마무리될 것이다. 만일 우리에게 떠오르는 생각, 예술 작품, 결정, 사랑의 선택이 화학적인 작용의 산물이라면, 그때 우리는 인간이란 무엇인지 질문하기를 멈추게 된다. 이미 그 답을 알고 있기 때문이다. 인간은 곧 인체라는 것. 어떤 경우에는 전적으로 맞는 말이다. 하지만 때때로 우리는 마치 전혀 생각지도 못한 뜻밖의 사실인 듯 깜짝 놀라기도 한다.

나는 우리가 누군가를 정말로 알고 싶을 때, 마주 앉아 대화하는 게 아니라 먼저 서로의 혈액 검사를 요구하는 날이 부디 오지 않았으면 좋겠다.

내가 빌카밤바의 노인들과 우리 아버지 사이에서 찾을 수 있었던 여러 차이점에 한 가지 더할 것이 있다. 빌카밤바의 주민들은 좋은 건강을 유지하며 100년 이상 산다. 우리 아버지는 불멸한다.

* * *

이 글을 쓰는 동안 줄곧 내 생각에 영향을 끼친 책이 몇 권 있다. 어떤 책은 처음부터 끝까지 다 읽었고, 어떤 책은 반 이상을 읽었다. 내가 책을 읽었다는 사실이 그 책의 저자와 의견 일치를 봤다는 것을 의미하지는 않지만—결정적인 영향을 준 책도 여러 권 있다—그 책들은 내가 글을 쓰는 동안 나와 함께했다. 나는 처음으로 유전학과 분자생물학을 비롯한 몇몇 분야에 발을 들여놓았고, 대학에서 배우는 기초 수준 정도를 익히게 되었다. 이해하는 것은 그럭저럭 쉽다. 이처럼 나는 다툼을 그만두고 싶은 마음 없이, 다른 학문 분야에서도 계속 싸워가는 중이다.

장수에 관한 현행 이론으로는 생물학적 한계와 기대수명을 연구한 레너드 헤이플릭Leonard Hayflick의 논문과 연구가 합리적인 업적으로 보였다. 헤이플릭과 제이 올샌스키S. Jay Olshansky, 그리고 브루스 칸스Bruce A. Carnes가 〈인간 노화에 관한 진실The Truth about Human Aging〉이라는 제목으로 집필한 보고서다. 나는 토머스 쿤의 《과학혁명의 구조》나 우엑스퀼Uexküll, 알렉상드르 쿠아레Alexandre Koyré, 가스통 바슐라르의 저서를 읽으면서 과학을 보는 다른 방법을 이해할 수 있었다. 조르주 캉길렘Georges Canguilhem의 연구 중에서는 《정상과 병리Le normal et le pathologique》를 읽었다. 생체정치에 관한 연구 성과를 알기 위해 미셸 푸코를 읽고 싶은 사람은 《생명관리정치의 탄생》은 건들지 않는 편이 낫다. 이 책에서는 제목에 있는 딱 그 주제만 전개한다. 차라리 《성의 역사》 제1권을 보는 편이 낫다. 자크 라캉의 〈텔레비전〉은 꼭 볼만한 자료다. 만일 이해하기 어렵다면, 다른 해설서의 도움을 청하는 것이 좋다. 후안 카를로스 인다르트Juan Carlos Indart의 해설서를 선택하면 도움이 된다. 라캉의 《세미나》 20권을 제대로 이해하기 위해서도 마찬가지다. 에리크 로랑Eric Laurent의 몇몇 강연들. 시몬 드 보부아르의 《편안한 죽음Une mort très douce》, 프란츠 카프카의 《아버지에게 드리는 편지》. 장 아메뤼Jean Améry와 리처드 예이츠의 작품. 특히 예이츠는 에스테르 크로스Esther Cross의 번역으로 스페인어 판본이 출판되어 있다. 필리프 아리에스의 《서양에서 본 죽음의 역사에 관한 논고Essais sur l'histoire de la mort en Occident》, 조르조 아감벤의 《호모 사케르Homo Sacer》. 또 아감벤의 《열림L'aperto》도. 알랭 바디우의 《존재와 사건L'être et l'événement》. 이 책은 불과 얼마 전에야 다 읽었다. 라울 세르데이라스Raúl Cerdeiras의 해설서를 참고하며 거의 5년에 걸쳐 읽었다. 분명히 이 시대의 중요한 저작 가운데 하나다. 또한 알랭 바디우가 '정의, 철학, 그리고 문학'

이라는 제목으로 연속 강의한 내용을 담은 무척 짧은 책이 한 권 있다. 나는 어느 오후에 그 책을 읽었는데, 다 읽고 나서도 한참 동안 더 곰곰이 곱씹어야 했다. 《생명정치 논집Ensayos sobre biopolítica》에는 질 들뢰즈, 푸코의 글과 아감벤의 새 논문이 실려 있다. 파울라 시빌리아Paula Sibilia의 《후기 유기체 인간El hombre postorgánico》. 나는 스티븐 호킹의 저작을 읽어본 적이 없었다. 하지만 글을 쓰는 동안 호킹의 《시간의 역사》와 《호두 껍질 속의 우주》에 매료되었다. 나는 이들 책을 참조했다. 내가 할 일은 탐구라는 것을 나 스스로에게 각인시키기 위해서, 또한 참고도서 목록을 읽기 힘든 여행 기록과 그에 얽힌 이야기로만 채우지 않기 위해서다.

특히 최근 몇 년 동안, 이 책을 쓰는 데 함께해주시며 신경 써주신 우리 부모님의 노고에 감사드린다. 부모님의 도움이 없었다면 불가능했을 것이다.

오기미 마을

나는 집필을 마치고서, 예정에도 없던 일본 여행을 다녀오
게 되었다. 출국을 앞두고 부모님께 잘 다녀오겠다는 인사를 하
러 갔다. 부모님께 어디로 여행을 떠나는지 말했다. 아버지는 내
얘기를 듣더니, 고개를 끄덕이며 미소를 지었다. 아버지는 침대
에 누워서 꼼짝도 못 했지만, 그 입가에는 승리를 거둔 표정이
묻어나는 것 같았다. 아버지는 무언가를 말하려는 듯 나를 쳐다
봤다. 아버지는 운이 없었다. 아버지 뜻에 따라 일본어 공부를
하길 잘했다고 내가 인정하기를, 아버지는 부질없이 기대했다.

　나는 5월 중순에 도쿄에 도착했고, 이틀 정도 머물며 도시
의 이곳저곳을 돌아다닌 후에, 류큐 제도에서 가장 큰 섬인 오키
나와까지 날아갔다. 오키나와에서 인구 밀도가 가장 높은 곳은
남부 지방이다. 거기에 주도인 나하가 있다. 내가 도착한 공항은
거쳐 가는 곳이고, 정작 내가 관심을 둔 마을은 북부에 있다. 섬
의 다른 쪽 끄트머리, 자동차로 5시간 가야 하는 거리에 있다.

　오기미는 자그마한 마을이다. 주민 3500명이 동중국해 연
안에 거주한다. 마을 어귀 한길 한쪽에는 사람 크기만 한 돌 기

넘비가 하나 서 있다. 짙은 색 세모꼴 장수 기념비다. 마을은 주민들이 장수한다는 데 대한 자부심이 대단하다. 일본의 다른 어느 지역보다 이곳 주민들이 더 오래 산다.

오키나와는 장수에 관한 의학 도서에서 으레 언급하고 참고하는 곳이다. 거기 주민들도 연구 대상이 된다. 건강하게 살려면 어떻게 해야 하는지 좋은 본보기가 된다. 오키나와 섬의 장수 우등생 명부의 일등 자리에 오기미의 노인들이 적혀 있다.

오기미의 최고령 노인들은 영화나 텔레비전 속 스타들과 마찬가지다. 순전히 오래 사는 것만으로 도달하는 자리다. 시험 같은 건 칠 필요가 없다.

오기미에서 최고령 장수인이라는 말은 국제적인 명성을 누린다는 말과 같은 의미다. 장수인들은 젊음의 공식을 밝혀줄 기삿거리를 찾아온 기자들에게 둘러싸인다. 기자들은 장수인들이 취재 내용을 보도할 수 있게 허락해주고, 또 자신들이 사는 방법을 그대로 따라도 좋다고 말해주길 바란다.

왜 그들은 그토록 오래 사는 걸까? 의사들의 조언을 정해진 시간에 완수하는 훌륭한 학생들인 까닭이다. 오키나와의 북쪽 마을은 빌카밤바와는 영 딴판이다.

오기미 주민들은 소식小食을 한다. 포만감을 느끼는 데 필요한 양보다 언제나 덜 먹는다. 자기 텃밭에서 채소를 직접 키우고, 밥상에는 늘 해초가 올라온다. 생선을 섭취하는 것이 건강에 좋은 효능을 발휘하는 거라고 강조할 수 있을 것이다. 그런데 이들은 생선뿐 아니라 돼지고기도 먹는다. 일본의 다른 지역보다 생선은 더 적게 먹고, 돼지고기는 더 많이 먹는다.

담배를 피우지 않고, 알코올도 과하게 마시지 않으며, 장수인들 사이에 마약을 사고판다는 소식도 없다. 환경을 오염시키는 공장도 없고, 사람들이 숨 쉬는 공기는 순수한 바다 공기 그대로다. 운동을 한다. 최고령 노인들까지 자전거를 타고 다닌다. 마을의 좁다란 거리를 운전하고 다니기에 이상적인 교통수단이다. 늘 녹차를 마신다. 물론 홍차도 노상 입에 달고 산다. 두 가지 차 모두 항산화제를 상당량 함유한다.

오기미 사람들은 고요한 삶을 영위하며 마을의 공동체 활동을 활발히 한다. 오기미 마을의 행정 당국은 노인들을 책임지고 보살핀다. 그러기 위해 필요한 예산, 시간, 인력을 확보한다.

노인들은 공경받는다. 나이 먹은 사람이 된다는 것은 매력적인 일이다. 상점이나 공공장소마다 최고령자들의 얼굴이 그려진 포스터가 붙어 있다. 의료는 예방을 중시하며, 보건 체계는 효과적인 데다가 쉽게 이용할 수 있다. 사회경제적 환경 수준이 높다.

다들 불교나 신도神道를 믿는다. 대부분은 그 둘을 혼합해서 믿는다. 두 종교 중 어느 것도 금욕적이지 않다. 두 종교 중 어느 것도 신자들이 죄와 벌에 연연하게 만들지 않는다. 또한 지옥에 대한 생각으로 사람들을 질겁하게 만들지도 않는다. 백 살이나 먹은 누군가가 앞날 때문에 핏대를 세워야만 한다는 것은 옳지 않다.

그럼에도, 그러니까 그런 장점들이 있음에도 오기미 사람들은 위생 체계가 빈약하고 경제적 자원도 부족한 빌카밤바 사람들보다는 장수하지 못한다. 나이를 겨루어도 그렇지만, 오기미 주민들은 각종 육체적 능력을 측정해봐도 패하고 말 것이다.

오기미의 의사인 후에이스Hueis 박사는 자신이 진료하는 노인들이 고혈압, 골다공증, 고콜레스테롤혈증에 걸려 있다고 말한다. 그리고 여성들이 더 오래 산다고 말한다. 빌카밤바의 윌손 코레아 박사는 자신이 돌보는 고령 환자들은 건강하고, 백세인 대부분이 남자라고 말했다. 그들은 동방의 동년배 노인들보다 스무 해, 혹은 서른 해를 더 오래 산다.

빌카밤바에서는 틀림없이 무슨 일인가 일어나고 있다. 그것을 이해하는 것은 절대적이며 역사적인 성질을 지닌 죽음에 관한 논쟁의 시작이다. 당신에게 제동을 거는 한 가지 방법이다. 나는 당신이 노여워하지 않기를 바란다.

나는 잊고 있었다. 내가 도쿄에 머물렀던 이틀 중 첫째 날 지진이 났다. 건물들이 마치 음악을 연주하듯, 춤을 추듯 요동쳤다. 내가 빌카밤바에 도착했을 때도 같은 일이 일어났다. 지나친 우연이다. 그래서 나는 결론은 내지 않기로 마음먹었다.